夏天結束時，妳一死就完美無缺

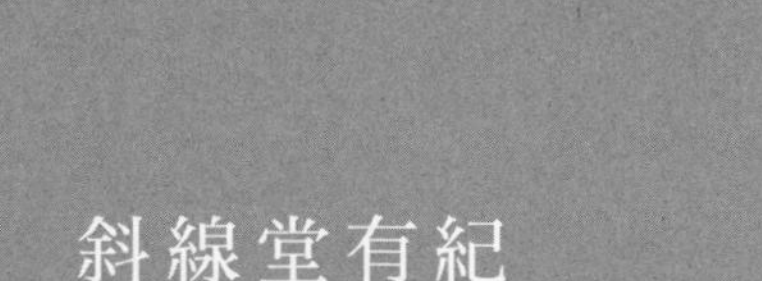

斜線堂有紀

輕文學

Light Literature

和彌子姊共度的時光一文不值，不過她的屍體有三億圓以上的價值。

有許多重要事物是無形的，所以我們總是想方設法，將感情或關係有形化。比方婚戒就是一個典型的例子。

如果可以，我想把對彌子姊的心意化成一個巨大的結晶，這麼一來，就不至於演變成現在這種情況。

我推的輪椅上坐著三億圓。現在的彌子姊既不能對我笑，也不能陪我一起下西洋跳棋，卻遠比能做這些事時的彌子姊更有價值。

這一點讓我悲傷不已。

我走在夜路上，回想過去發生的事。

現在來到這裡究竟是錯誤的？還是正確的？認識彌子姊以後，我犯過許多錯，但是應該也做過正確的選擇。

讓我和彌子姊耗上整個夏天的西洋跳棋，是種每一步都帶有莫大意義的遊戲。一次的失誤可能左右整個戰局，而十幾次的正確答案也可能彌補這個失誤。

我和彌子姊的過去亦然，但我甚至連哪一步正確、哪一步錯誤都不知道。

我回顧和彌子姊之間的回憶。

在這段期間，我依然沒有停下腳步，持續往前邁進。

▼144天前

第一個錯誤，就是我經過了昴台療養院——為了某種疾病興建的特殊療養院——旁邊的道路。從昴台分校回家的路有好幾條，我大可以走其他路，可是那一天我偏偏踏上那條路。

我所居住的昴台是個四面環山的小村落，人口只有一千人左右，和大都市相比可說是微不足道。

那條路在昴台又格外冷清。畢竟療養院附近的小路，尤其是有病患住院的時候，幾乎是無人通行。

或許這正是昴台人對療養院保持距離的證據，又或許是環繞療養院的圍牆令人不禁退避三舍。無論如何，這裡的行人遠遠少於其他地方。

昴台療養院從前是被白色牆壁圍繞，現在則是被滿布塗鴉的牆壁圍繞著。

這是居民發揮藝術細胞的成果。多虧他們，分隔療養院內外的是塗鴉藝術、Q版狗狗和巨大鯨魚圖案。我瞪著圍牆上的鯨魚，微微地吐了口氣。

療養院東側圍牆上的鯨魚，以旁若無人的尺寸悠游於塗鴉大海中，從遠處也可辨別那漆黑的身軀。

這條鯨魚從前曾造成一陣小轟動。來到昴台的記者一時心血來潮拍下牠，並以「怪病專用安寧療護機構的療癒吉祥物」為題，寫了一篇報導。

在那篇報導中，鯨魚被取名為「二月鯨」，成為抒情文的佐料，最後卻化成火苗。「怪病」和「安寧療護」這兩個用詞引發外界抨擊——以「怪病」二字形容這種疾病缺乏同理心。再說，這裡的住院病患正在接受治療。就算是痊癒機會渺茫的疾病，也不該寫得像是病患已經接受這個事實。

如此這般，單單因為雜誌是在二月發行而定名的「二月鯨」，今天依然擺出不問世事的臉孔，在高大的圍牆裡游動。
鯨魚的鼻頭上貼著「堅拒收容金塊病患者」、「反對療養院，找回美麗的昴台」等傳單，大大的標語底下寫了許多毀謗中傷療養院的字句。
我凝視著傳單數秒鐘，緩緩伸出手來。
瞬間，一陣強風吹過，打算撕下的傳單自行剝落，消失於樹林之間，而我伸出的手則抓住別的東西。
一條紅色圍巾。
「……圍巾？」
現在是四月初，陽光越來越暖和，再過一陣子可能連外套也不用穿了。再加上今天是散步的好天氣，根本不需要圍巾。這條圍巾是從哪裡來的？
「那邊的同學。」
我還來不及找尋圍巾的出處，便傳來一道清澈的聲音。
「接得好，謝謝。可不可以還給我？」
我望向聲音的來源。

「對，這邊。你的眼睛很利啊。」

圍牆上坐著一個長髮女子。見了她住院服底下露出的白皙脖子，我不禁暗想：原來如此，紅色圍巾確實很適合她。她的手上戴著與和煦春光完全不搭調的黑色手套。用含蓄點的說詞形容，她是個漂亮的人。把五彩繽紛的圍牆當成椅子坐，也讓她看起來充滿幻想氣息。

「……妳是療養院的人嗎？」

在這股氛圍的影響下，我問了個蠢問題。

「是啊，我是這一邊的人。」

她露出淘氣的笑容，瞇眼而笑的模樣與漂亮的外表正好相反，有些孩子氣。直到此時，我才想起手上的圍巾。

「對了，這個……」

我拚命伸長拿著紅色圍巾的手，可是她並未接過，而是更加瞇起雙眼，對困惑的我笑道：

「要還就送到我的病房吧，我會讓你進來的。」

「……我沒有進去的資格。」

「疾病不是通行證。」

說著，她樂不可支地笑了。

聽了這句話，我明白眼前的女子染上了那種怪病。倘若昴台人的傳言屬實，她是現在唯一的住院病患。

「妳看起來不像病人。」

「哎呀，病人也能爬圍牆啊。順道一提，那條圍巾很貴，別用扔的。」

說著，她突然從圍牆上消失。過一會兒，鯨魚的另一頭傳來聲音。

『我叫都村彌子！不用客氣，叫我「彌子姊」就好！跟櫃檯說我的名字，他們就會放行了！』

「……我要把圍巾丟過去了！請接好！」

『不，你不是那種會亂扔別人東西的類型。那就改天見囉！』

彌子姊的聲音逐漸遠去。距離這麼遠，即使我把圍巾扔過去，也扔不到她身邊吧。雖然我是真的想扔，可是一看到這條圍巾顯然是用高級材料織成的，就怎麼也扔不出手。

大事不妙——這是我最初的感想。不知何故，才認識幾分鐘便看穿我個性的彌子姊，塞了個最有效果的包袱給我。光是聽到「很貴」二字就不敢讓圍巾沾染塵土的我實在太可悲了。

猶豫一會兒後，我把圍巾塞進書包裡。為防自己忘記，我把剩下的反對傳單也撕下來，放進口袋中。

回到家一看，家裡沒有人。刺耳的聲音在空空蕩蕩的屋內迴盪著。

家裡的老舊印表機每次列印都會發出哀號般的嘎吱聲。我巴不得印表機乾脆壞掉，但是它卻盡責地完成所有工作。印表機花費冗長的時間吐出一張傳單，傳單上用鮮明的明朝體印著「反對收容新的金塊病患者！」等文字。

我從口袋裡拿出揉成一團的傳單，輕輕扔進垃圾桶裡。

新上任的昴台村長一籠德光，宣布在自己任內要讓昴台的財政轉虧為盈，而他實際上也做到了。一籠德光為了拯救這個村子而建造的，就是國內第三座金塊病專用的療養院。

昴台擁有美麗的自然環境與充裕的土地，最適合建造白色箱子。想當然耳，除了一籠德光以外，還有許多人嘗試過運用這個空間。

然而，真正能夠活用昴台的只有他一個人。他精準地預測時勢、了解需求，知道昴台需要的不是大型演唱會會場，也不是新銳藝術家建造的銅像，而是政府支付了大筆補助金的特殊醫院。

當時，國內共有七人罹患了俗稱「金塊病」的疾病。政府將這種疾病定為絕症，並宣布建造專用的收容設施。

高瞻遠矚的一籠德光搶先將收容設施引進昴台，「昴台療養院」就這麼如火如荼地動工了。落伍的村落裡，嶄新的設施。

如此這般，七個病患中，有兩個被送到昴台療養院——專門研究與治療金塊病的設施——的白色圍牆中。這是發生在我就讀分校四年級時的事。之後，昴台療養院持續收容病患，而昴台的經濟也隨之活絡起來。

當時，圍牆上還沒有塗鴉，覆蓋白色牆面的只有「反對療養院」、「為了孩子的未來，立即撤出」等傳單。

所以，算起來媽媽從事療養院反對運動，已經足足有四年。

＊

七點過後，媽媽一回到家，我立刻緊張起來。我把圍巾藏在衣櫃最深處，雖不至於被發現，但還是小心為上。我主動走下一樓，以免媽媽上樓。

媽媽一看見我，便不快地瞪了我一眼，沒好氣地說道：

「北上叔叔呢？」

北上叔叔是我的繼父。

「好像……還沒回來。」

我說道，媽媽不滿地哼了一聲，坐到餐桌邊。我走進廚房，煮冷凍烏龍麵給她吃。

北上叔叔在家的時候會下廚，不過今天他不在，無可奈何。

我趁著煮烏龍麵時解凍自己要吃的冷凍麵包，北上叔叔也在這時候緩步走進廚房裡。他只有四十幾歲，模樣卻十分蒼老，骨瘦如柴，唯獨雙眼炯炯有神，看起來活像負傷的野獸。我猜我自己應該也是這副模樣吧。有我們兩個人在場，廚房看起來宛若飼育小屋。

「……啊，日向，你看這個。」

北上叔叔舉起手上的紙袋，微微一笑。

「我去幫忙橋川先生下田，他給了我米和蔬菜。」

「謝謝。」

「不，沒什麼大不了的……」

說著，北上叔叔把賣相很差的蔬菜收進冰箱裡。

北上叔叔是媽媽的再婚對象，原本不是昴台的居民。起先媽媽向我介紹北上叔叔時，他並不是現在這種野獸般的模樣，而是充滿知性氣息，讓尚未懂事就喪父的我大為期待。

我還記得北上叔叔從前買書給我的時候，總是笑得很開心。這個家裡的藏書幾乎都是北上叔叔帶來的。

北上叔叔似乎打從心底憂慮昴台的人口外流和經濟問題，拚了命地想要活絡我和媽媽居住的這塊土地。他甚至辭去知名企業的工作，以昴台為據點，展開振興事業。

我和媽媽也都替北上叔叔加油。

如果一切都一帆風順就好了。

從結論說起，北上叔叔的事業全都以失敗收場。比如釀造昴台獨有的當地酒，或是將昴台採收的農作物推廣到外縣市等等，說穿了都是些老套的行銷方式。即使如此，北上叔叔是真心想活絡昴台。

北上叔叔試圖打造的「昴台品牌」並未扎根，昴台就快被山的另一頭的三鳥內地區吸收了。昴台人都接受了這種命運，只有北上叔叔一個人乾焦急。

就結果而言，為昴台注入最多活力的，還是昴台療養院建設案。

當時北上叔叔發展的事業幾乎都已倒閉，可是他還沒放棄。縱使積蓄已經空空如也，北上叔叔依然不屈不撓。在國內第三所大型療養院的建設案塵埃落定之前，他都沒有放棄昴台。

直到昴台療養院建設說明會的當天，北上叔叔才徹底死心。

「看來是不行了。」

隨著這句話，北上叔叔不再工作，成天足不出戶。從那天起，支撐我們家家計的只剩生活補助金和慈善團體供應的冷凍麵包。但就連這些微薄的小錢，也都被媽媽花費在全心致力的「活動」之上。

「日向，你別光吃麵包，多吃點營養的東西。」

北上叔叔這句話讓我回過神來。麵都煮爛了，我連忙將鍋裡的麵倒進碗公。

「不，今天肚子不太餓……」

「是嗎？」

說著，北上叔叔也拿出自己的麵包。

「對不起，讓你過這種生活。」

北上叔叔三不五時就會這麼說。

然而，北上叔叔似乎沒有東山再起的念頭。他偶爾會幫忙鄰居下田，可是無法開創新事業。我不知道這種時候該說什麼，只回答：「沒關係。」

對於灰心喪志的人，說什麼都沒用。

這時候，客廳的電視傳來尖銳的笑聲。

每當我們說話，媽媽都會默默地把電視的音量調高，見狀，我和北上叔叔不約而同地住了口。

我把煮爛的烏龍麵和淋上番茄醬的麵包送到餐桌上，令人不自在的晚餐時間開始了。媽媽瞪了默默吃著麵包的我一眼，大大地嘆一口氣。

「你今天跑去哪裡？」

這個問題是對著北上叔叔問的。北上叔叔又做了一次剛才的說明，聽完，媽媽咂了下舌頭。

「橋川不就是頭一個向療養院屈服的乞丐嗎？」

媽媽一臉不悅地啐道，北上叔叔縮起身子。

「……橋川先生送了些米給我，應該可以撐上一陣子。」

「你不明白嗎？那些米可能被汙染了。對他們來說，我們是敵人。」

說歸說，媽媽還是會吃橋川先生送的那些米吧——我如此暗想。

「我跟你說，事情沒這麼單純。政府隱瞞了重大事實。療養院裡收容的不是病人，而是政府的生物兵器。不把療養院遷走，昴台就會變成可怕的實驗場。」

媽媽開始說起荒誕不經的陰謀論，北上叔叔悄悄地移開視線。這種時候北上叔叔會躲進殼裡，靜待暴風雨過去。

至於此時的我，則是想起今天剛認識的彌子姊。春天還披著圍巾、戴著手套的她，看起來既不像生物兵器，也不像病人。

療養院建設案塵埃落定時，曾有人謠傳金塊病——亦即「多發性金化肌纖維發育異常症」是原因不明的感染性怪病；召開說明會的時候，反對建設案的人也很多。然而，療養院對於昴台而言，畢竟是數年後或許就不會再有的轉機。後來，大家得知這種疾病不會傳染，漸漸地就不再反對了。圍牆上開始出現塗鴉之後，昴台便完全接納了療養院。

如今還在活動的反對派，只有以我媽為首的數十人。狹小昴台中的狹小社群。媽媽每天都和這些人聚會，發表剛才的陰謀論。

媽媽開始熱衷於這種活動，是在北上叔叔閉門不出之後。兩者之間赤裸裸的關聯

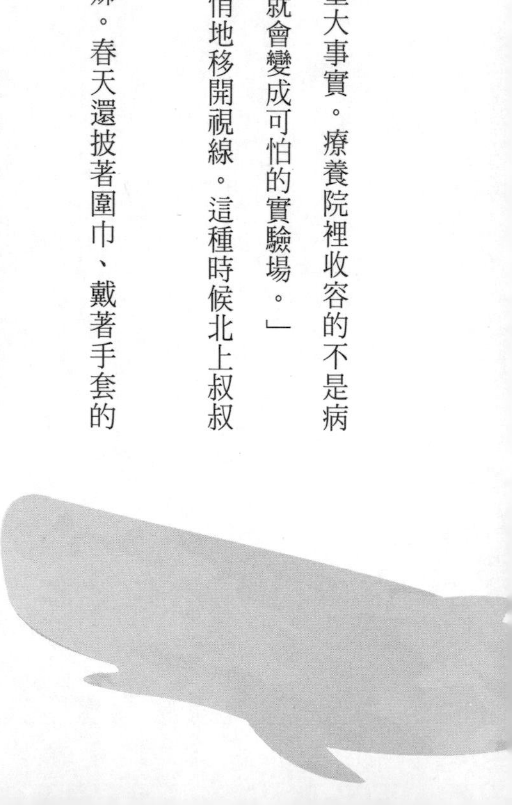

性令人發毛。

我迅速吃完麵包以後，立刻站起來。背後傳來媽媽的咂舌聲，接著，她又繼續對著北上叔叔發表她的陰謀論。

一上二樓，我立刻檢查衣櫃。衣櫃最深處有條紅色圍巾，一切都不是夢。

會變成這種局面，全是因為我經過那條路——又或者該說，是因為我想撕掉反對療養院的傳單。

我知道媽媽印了新的傳單，知道她用那台老舊的印表機，經歷了多次失敗，最後印出幾張精華，甚至可以想像媽媽喜孜孜地拿著傳單去張貼的模樣。

其實根本沒人會看那些傳單，療養院也不會因此關閉，我卻糊塗得跑去撕傳單。完全沒想過會遇上彌子姊。

我望著紅色圍巾片刻之後，關上衣櫃的門。昴台療養院——我說的沒資格，就是這個意思。胡亂張貼反對派傳單的女人之子，沒資格進那個地方。

然而，編織而成的通行證就在我的房間裡。

▼143天前

到頭來，我還是輸給昂貴的圍巾。分校放學之後，我又踏上同樣的道路。今天並沒有古怪的女人在圍牆上對我說話。

繞了圍牆一圈，我發現一個活像城門的入口。與城門不同的是，看守的不是衛兵，而是監視器。我一面瞪視盯著我看的監視器，一面打開格子門。

踏進院區一步，即是矗立於陽光下的巨大建築物。玻璃和柱子聯結成小小的立方體。看著與圍牆不同、仍然保有純白色外觀的建築物，我已經想打退堂鼓了。

「……我是來探望都村彌子小姐的。」

我對櫃檯說道，看起來一板一眼的職員只回一句：「六樓。」從他的表情看來，似乎沒料到會有人來探病。

我搭乘寬敞的電梯來到六樓，還來不及察覺自己忘了問房號，便已得到答案。六樓只有一間病房，其他都是「生化學檢查室（六樓）」、「生理機能檢查室（六樓）」之類的房間。

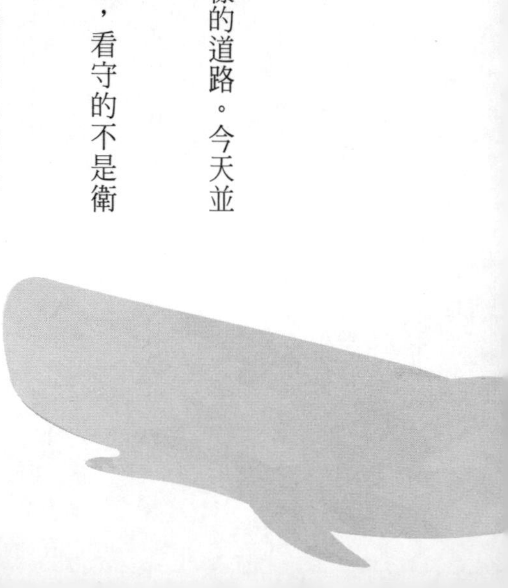

這一層樓專屬於都村彌子。

視野最佳的底端房間掛著「都村」的名牌。我輕輕敲過門後，拉開了滑動式房門。

房內果然是昨天見過的女子——彌子姊。

彌子姊坐在寬敞的病房窗台上，一頭長髮隨風飄揚。畢竟身在病房，她並未披圍巾、戴手套，款式與洋裝相仿的住院服底下露出的手臂和脖子細瘦如柴，骨節分明。

我揚了揚手上的圍巾，彌子姊便露出賊笑。

「辛苦了。」

雖然懾於現場的氛圍，我還是踏進了病房，手裡緊緊握著圍巾。

「我已經完成我的工作。」

「哎呀，我就知道你會來，所以從一大早便坐在窗台，看來很有那麼一回事吧？欸，你叫什麼名字？」

「……江都日向，國中三年級生。」

「我重新自我介紹。我叫都村彌子，以學年來說，是大學三年級，攻讀的是史學，但是好一陣子沒去上學，已經忘得一乾二淨了。金塊病發病以後，我在半年前住進這家療養院，是唯一的住院患者。」

說著，彌子姊微微一笑。

療養院剛落成時有七個住院患者，之後應該還有一、兩個新來的病患。眼前的女子是半年前來的，如今住院的只剩下這個人。

其中的意義不言而喻。

「……那不叫金塊病，而是『多發性金化肌纖維發育異常症』吧？」

我不知道該說什麼，只好這麼說。聞言，彌子姊露出了賊笑。

「你還挺有研究的嘛。」

多發性金化肌纖維發育異常症俗稱「金塊病」，是種特殊罕見疾病，為了進行研究，政府火速興建了這座設施。

這種疾病最大的特徵是病患死後正如字面所示，會變質成「金子」。

罹患這種疾病的人在發病之後，肌肉會逐漸硬化，被骨頭侵蝕，而侵蝕肌肉的骨頭則會異變為極端接近金子的物質。不，甚至該說把兩者放在一起，根本分不出哪個是天然金塊，哪個是金塊病患者的身體製造出來的金塊。現代的科學無法區別兩者。

「……住在昴台的人大多都知道。因為昴台等於是靠著這種疾病帶來的利益存活的。」

我的知識也一樣，都是從昴台公民會館的手冊上看來的。那些手冊是為了告知媽媽這類人金塊病的特性與特徵，以及最重要的一點——不具傳染性而製作的。

「知道歸知道，應該沒親眼看過吧？」

彌子姊笑道，彷彿看穿我的心思。接著，她輕盈地跳下窗台，以行雲流水般的動作爬上床，把病床弄得嘎吱作響。

「據說地球上的金子是壽終正寢的恆星撞擊地球時產生的，現在流通的金子就是用那顆恆星的遺物鑄成。」

「哦……」

「這也是金價不會大幅暴跌的理由。」

不知幾時間，彌子姊和我的距離變得好近。

「不過，染上多發性金化肌纖維發育異常症的我另當別論。我的身體不必經由星球爆炸便能產生金子，稍微提升了這個星球的金子總量。」

說著，彌子姊的食指迅速滑過細瘦的右臂。

「這就是你說的多發性金化肌纖維發育異常症。怎麼樣？」

「還能怎麼樣……」

「親眼見到病患，感覺很不一樣吧？」

雖然彌子姊這麼說，但老實說，我還是不太明白。那細瘦的手臂依然有血管，看得見的部位也沒有鍍金。

人類的身體化為金塊，是件令人無法置信的事。我想起中世紀流行的煉金術。那麼多人拚命想造出金子都無法成功，眼前這個人居然可以自然而然地化為金子，實在難以想像。

「要不了多久，我就會死了。」

我的意識突然被這句話拉回來。

死亡是個敏感的話題，但彌子姊提起這件事的表情活像是什麼壓箱的驚喜。我還來不及說話，彌子姊便搶先開口說道：

「我就開門見山地說了，江都，你要不要繼承我的財產？」

「繼承……」

「對。罹患金塊病就如字面所示，身體會變成金塊，可以賣錢。可是，就算屍體賣出去，我已經死了也沒辦法拿錢。其他人好像是指定家人或情人繼承，不巧的是我一個都沒有，所以想指名你來當繼承人。」

我聽不懂她在說什麼。

繼承。賣錢。變成金塊。

眼前的彌子姊臉上依然掛著愉悅的微笑。

「……妳在騙我吧？」

「這點手冊上沒有寫吧？因為涉及隱私。不過這是真的，你之後可以去問問看。我的屍體值三億圓。」

彌子姊無視我的心境，繼續說道。

「請等一下，三億圓……」

「是真的三億圓。」

「突然聽妳這麼說，我……」

「不過，我也有條件。」

彌子姊豎起食指說道。

「……條件？」

「對，把三億圓給你的條件。」

說著，彌子姊從旁邊的抽屜裡拿出西洋棋盤，放到床邊桌上。黑白格紋的表面上有許多細小傷痕，似乎用了很久。

「你知道西洋跳棋這種遊戲嗎？」

「……不知道。」

「不知道也沒問題，因為這是種非常簡單的遊戲。」

「這是西洋棋盤吧？」

「從現在開始，它就是西洋跳棋盤。」

說著，彌子姊把一堆紅色和黑色的扁平棋子放到西洋棋盤上，並將棋子擺在黑色格子裡。

「某個我喜歡的遊戲內容是，在核戰後荒廢的世界裡四處旅行。在那個世界裡，

是用可樂瓶蓋來下西洋跳棋。正因為規則簡單，所以就算世界終結，西洋跳棋還是沒有終結。使用的只有這種雙色扁平棋子。」

如此這般，我前方三列的黑色格子上擺好了十二枚黑色棋子，彌子姊那一側也同樣擺上紅色棋子。

「棋子共有十二顆，基本上只能往斜前方走，如果行進方向有敵方的棋子，就可以跳過去吃掉它。你下過西洋棋嗎？」

「……我知道規則。」

「那你就想成是只有角的西洋棋，而要吃棋子時會跳過對方棋子就行了。」

「角是將棋的吧！」

「還有，如果棋子到達對手那一側的底線，就會變成王。成王以後，棋子也可以往斜後方前進。」

彌子姊無視我的話語，將紅棋放到黑棋之上，看起來猶如黑棋戴著紅色皇冠。

「成王的棋子就用這種方法區分，到達底線、背起棋子便是王。把對手的棋子全部吃掉，或是像西洋棋那樣將軍，讓對手動彈不得就贏了，很簡單吧？其他的我會邊下邊教。規則比西洋棋單純很多吧？來，試試看。」

不容分說的口吻。可是，我連三億圓的事都還一頭霧水，怎麼可能搞懂西洋跳棋的規則？

總之，我先將底線上的黑棋移向斜前方，彌子姊移動的則是從左邊數來第三顆紅棋。在她的催促下，我又移動了靠近中央的棋子。雙方一來一往，彌子姊的棋子跳過我的棋子，將它吃掉，而我也不甘示弱，吃掉彌子姊的棋子，可是這回換成在後方待命的棋子被吃掉了。如此這般，彌子姊的棋子抵達底線成王，我的棋子轉眼間便全軍覆沒。

這確實是種單純的遊戲，可是正因為單純，我完全搞不懂自己是因為哪裡下不好而輸掉棋局。

「哎呀，你弱到驚人的地步。」

「有什麼辦法？我又沒下過……」

「哎，說得也是。那再下一次吧。」

「實力這麼懸殊，還要再下一次？」

「沒錯。」

彌子姊說道，又和剛才一樣開始擺棋子。

可是，結果同樣是一敗塗地。我並不是不了解規則，我的軍隊卻被彌子姊玩弄於股掌之間。

「你沒考慮兩、三步以後的棋，才會被吃掉。」

「或許是吧。不過老實說，我真的不懂這些。」

「吃掉對方棋子的時候，最好考慮一下要怎麼走，還有要讓哪顆棋子當誘餌、哪顆成王。」

聽著這番說明，我只覺得亂無頭緒。學習沒玩過的遊戲、遇見間接拯救了昴台的金塊病患者，以及相識不久的人要我繼承三億圓，全都是那麼不真實。

坐在床上的彌子姊看起來宛若玩弄人類魂魄的惡魔。那雙烏溜溜的大眼睛，掂斤估兩似地看著我。此時房門打開，一位護理師走進來。

「啊，檢查時間到啦？我都忘了。」

「我也該回去了。」

我來這裡，本來就只是為了歸還圍巾，如今已經沒有理由再來。可是，離開病房之前，彌子姊轉向我笑道：

「只要能夠贏過我一次就有三億圓，好好加油吧。江都，再見囉。」

接著，彌子姊悠然離開了病房，房裡只剩下盤面慘不忍睹的西洋跳棋盤和一陣茫然的我。

繼續待在病房裡也不是辦法，所以我離開了療養院。夕陽照耀下的建築物看來依舊像是與昴台格格不入的異形城堡，我難以想像自己不時造訪這裡的光景。

不過，彌子姊似乎深信我還會再來。

或許她只是在捉弄我。話說回來，搞不好彌子姊其實是某個大富豪的獨生女，可以自由運用的金錢多達三億圓，而她在一時心血來潮之下，決定將遺產送給用西洋跳棋打敗自己的人。

雖然微乎其微，但我得到三億圓的可能性並不是零。

三億圓。有了這麼一大筆錢，可以做什麼？

又或者該問，有什麼事是擁有這麼一大筆錢還做不到的？

回到家時，媽媽已經坐在餐桌邊，一面吃著不知從哪買來的零食，一面愣愣地看電視。不知道是不是和北上叔叔吵過架，媽媽今天看起來比平時更不高興。

「這麼早回來幹嘛？煩死了。」

前陣子我在同樣的時間回家，她還嫌我太晚回來。

我默默走向二樓的房間。運氣好的話，進房就沒事了，可是今天沒這麼幸運。媽媽也跟著上樓，影子伸展到我的前方。

「不理我？有意見的話怎麼不滾出去？沒有你這個包袱，我們就不用在這種人體實驗場生活。」

這時候，我不該回頭的。媽媽露出了機不可失的眼神，開始追擊。

「怎麼？一副受傷的表情，是在責怪我嗎？你根本不知道為人父母的辛苦，我真不該生下你。」

握著門把的手沒有動，因為我知道若是時機沒算準，就會被攻擊到體無完膚。不讓她暢所欲言，我會被燒成灰燼。

「你也是一丘之貉。我不會讓你離開這裡，你這輩子到死都別想離開昴台。」

隨著這句撂下的話語，下樓的聲音傳入耳中。我抓準這個時機走進房間，發現自己在不知不覺中已屏住呼吸。

有了三億圓，什麼都做得到——我再次反芻這句話。

只要有三億圓，就能夠改變人生，也能夠離開昴台。

▼140天前

「啊，江都同學，我有事想問你。」

那天一到分校，便看見同班同學月野坐在我的座位上。月野同學擁有一身曬黑的皮膚與充滿健康氣息的馬尾，是這個班上的開心果。只不過，包含我在內，分校的國三生只有六個人，這當中的開心果或許稱不上是什麼大角色。

「什麼事？」

我擺出若無其事的表情回答，其實內心冷汗直流。該不會是被她看見我出入療養院吧？我又不是犯了罪，卻渾身不自在。

不過，有別於我的憂慮，月野同學面帶笑容地問道：

「呃，是關於畢業旅行的事。」

「啊，嗯，旅行啊。」

昴台分校的畢業生以畢業旅行為名，前往山的另一頭的海邊旅館住宿，是往年的慣例。上一屆和上上屆的學生應該都有去。

「江都同學，你之前說過不知道有沒有空，對吧？」

「嗯，那陣子我應該會很忙。」

我若無其事地回答。我早就跟大家說過自己不知道能不能去。這一屆的六個國三生裡，不離開昴台也不升學的只有我一個，我不確定有沒有空。

善良的大家都沒有戳破我的謊言。

沒有空是假的。就算我出社會工作，要請個兩天假去旅行總不成問題。

兩天一夜的畢業旅行所需的費用大約是三萬圓。住宿費就不用提了，還有前往海邊的巴士錢、餐費與其他雜項費用，全部加起來大概是這個數字。

與其負擔這筆錢，不如堅稱沒空要來得省事許多。現在我能做的，只有盡量表現得若無其事，以免掃了大家的興。但願我能夠成功掩藏這種深入骨子裡的悲慘。

不過，月野同學說出的是令人意外的話語。

「聽說今年晴仔也不去畢業旅行。」

「咦？」

「你也知道，晴仔已經想好要上哪一所高中。他說快考試了，要離開昴台。」

月野同學一臉難過地說道，我也忍不住望向教室角落。「晴仔」——亦即一籠晴充正在和宮地說話。不知是不是察覺到我的視線，晴充緩緩走過來。

「怎麼了？在聊什麼？」

「哎，在聊畢業旅行，說你也不去……」

「啊，是啊，行程太趕了。」

說著，晴充露出天真無邪的笑容。

「江都，你也不去吧？」

「……是啊。」

「對！所以啊，只有我們這一屆什麼都沒做，未免太冷清。我就在想，至少夏天的分校祭要弄得盛大一點。我現在正在徵詢大家的意見。」

月野同學興沖沖地說道。

「我是無所謂啦……」

「哦，江都也贊成了。宮地和加賀同學都說ＯＫ，那只要守美同學也贊成就萬萬歲了。」

「妳說要用分校祭彌補旅行的缺憾，是打算做什麼？」

「當然是放煙火啊！前三屆以前也放過煙火吧？」

聽著這段興高采烈的對話，我終於明白重點在哪裡。因為晴充和我不去旅行，所以要把分校祭弄得盛大一點。表面上看來毫無關係的兩件事，被「製造回憶」的絲線聯結起來。

問題在於晴充為何說他不去畢業旅行。

「……晴充，你要離開昴台？」

「應該會，到時候就得準備去外地生活。總不能要大家的旅行配合我一個人的行程吧？」

「旅行已經中止啦。」

「是啊，反正江都也不去。」

晴充說道，語氣一派輕鬆。我試圖摸索他的心思，但是怎麼也摸不透。

一籠晴充，建設昴台療養院、讓昴台起死回生的一籠德光的獨生子。自分校畢業以後，他就會離開昴台。

我和晴充缺席畢業旅行的理由一樣：沒空。不知何故，我有點心神不寧，便不再想下去。

接著，我決定在相隔三天之後再次探訪彌子姊。

在穿過正門之前，我折返了三、四次，最後還是和三天前一樣，向櫃檯表明來意。我是來探望都村彌子小姐的——聽了我這句話，櫃檯職員說：「請稍候。」他的反應與上次不同。

等待片刻過後，一名身穿白衣的初老男子到來，姿態猶如楊柳一般瘦削。他一看見我，便輕輕向我招手。

「呃，你可以過來一下嗎？」

我隨他走進寫著「主任醫事長室」的房間。裡頭是個傳統的診察室，有醫生用的桌椅和病患用的椅子，以及一張乾乾淨淨的白色病床。

唯一不同的是貼在牆上的東西全都有彌子姊的名字。彌子姊的照片、彌子姊的治療過程、檢查結果，還有斷層掃描圖及X光片，八成也是彌子姊的吧。

這個房間活像彌子姊的展示室。照片裡的彌子姊凝視著我，臉上完全不帶笑意。

我將視線從照片中的彌子姊移向眼前的男人。

「呃，敝姓十枝，是都村彌子小姐的主治醫師。你是都村家的人嗎？」

「……我叫江都日向。」

「江都同學，原來如此。讀的是分校？」

「對……」

十枝醫生頻頻打量我，活像在估價，令我很不自在。

「如果彌……都村小姐身體不舒服，我就先回去了。」

「啊，不，都村小姐基本上和普通女孩子沒兩樣，狀況也很穩定，暫時沒有問題。

哎，我要談的不是這個——我就開門見山地直接問了，都村小姐跟你說了什麼？」

十枝醫生的臉上依然帶著柔和的笑容，說話卻是直來直往。

「……呃，她問我要不要繼承她的財產。」

「原來如此，確實像是她會做的事。」

十枝醫生微微笑道。

「是真的嗎？」

「你是指什麼？她是病人的事嗎？」

「她……不，都村小姐的屍體值三億圓的事……」

或許他會笑我。人類的屍體可以賣到三億圓，這是多麼低俗的玩笑。

然而，十枝醫生一本正經地點了點頭。

「手冊上沒寫這件事，也難怪你不敢相信。」

「……是真的？」

「起先是……不，其實現在也是種悖論。」

十枝醫生側眼看著X光片說道：

「罹患這種病的人，身體組織會發生異常的變質，說穿了，就是變成和金子幾乎相同的物質。政府認定這是種前所未有的罕見疾病，希望患者死後能夠捐出遺體……哎，到這裡為止都合情合理，不過之後就出現瑕疵了。」

「瑕疵？」

「要將成分和金子幾乎相同，而且質量跟人類差不多的東西無償交給政府，似乎不合情理。哎呀，也不知道是誰先提出這個問題的。因為是人類變質而成，所以算人類？還是說因為成分和金子一樣，所以算金子？是屍體？還是元素？人類向來無法處理這類問題。」

我想起和我一起下西洋跳棋的彌子姊。當時的彌子姊怎麼看都是個人類，完全沒有討論她是不是物質的餘地。

這樣的彌子姊在死後會化為冰冷的金塊，而在那一瞬間，她的身體便成了一種議題。都村彌子被拋入物體與人類之間，飄浮不定。

「醫生、政治人物、學者和哲學家都對這種疾病熱衷不已，連神學者也跑來參一腳。失去靈魂的軀體若是極具價值的物質，訂定價格和不訂定價格，何者才是褻瀆的行為呢？」

「我不懂這些。」

「最後的結論是：既然會變成和金子相同成分的物質，就該支付同等價值的金錢……哎，死者家屬也都是『有錢拿也好』的態度，畢竟住院是要花錢的。如此這般，捐贈金塊病患者的遺體，就能夠獲得等價的現金。」

「……這樣太奇怪了吧？那是人類耶。」

「或許正因為是人類，更要這麼做。」

十枝醫生斬釘截鐵地說道。

「因為尊重是無形的，能夠用金錢表達也沒什麼不好，空氣又不能當飯吃。這種事留給拿錢的人去決定就好。」

「彌子姊沒有繼承人是真的嗎？」

如果彌子姊的死能夠換來大筆財富的事情為真，接下來我好奇的就是這一點。

「是真的。」

十枝醫生答得很乾脆。

「這麼說來，我是真的有可能拿到三億圓嗎？」

「如果她真的死了的話。不過，我會努力不讓這種事情發生。」

「……對不起，我不是那個意思……」

「啊，不，你不用放在心上。這是關乎人生的大事，我也尊重都村小姐的意願，如果都村小姐願意，應該就會這麼辦吧。」

經他這麼一說，我突然害怕起來。我想起昨天那段開玩笑般的對話。把錢留給我這一點姑且不論，彌子姊會變成大筆財富的事情似乎是真的。

她真的擁有三億圓，可以輕易送給素昧平生的我。

「你會困惑也是理所當然。我想，都村小姐指定由你繼承這筆錢，應該有她的考量。所以——」

「呃，正確地說，我還不一定能夠繼承彌子姊的……呃，都村小姐是說……如果我能用西洋跳棋打敗她，就讓我繼承。」

就算三億圓的事屬實，這件事同樣很瘋狂。那麼一大筆錢的去處，怎麼可以靠一個遊戲來決定？

然而，不知何故，十枝醫生卻樂不可支地放聲大笑。

「原來如此。」他一面拍打削瘦的膝蓋一面說道：「那應該很難吧，因為她很厲害。原來如此，這下子可吃力了。」

「咦？都村小姐該不會是西洋跳棋界的名人吧？」

「不，倒不是……哎，說穿了，西洋跳棋——是只要別失誤就會贏的遊戲。」

「咦？什麼意思？」

十枝醫生對一臉困惑的我笑道：

「意思是不帶運氣成分。」

我想起和彌子姊一起下的西洋跳棋。的確，用不到骰子，也用不到輪盤。

「和都村小姐下棋，只要做出最佳的選擇就行了。」

十枝醫生一本正經地說道。可是，玩任何遊戲不都是這樣嗎？有誰會刻意做出錯誤選擇嗎？我實在不明白醫生的言下之意，話題就在我一頭霧水的狀態下繼續下去。

「都村小姐會變成金子是真的，不過現在先別管這些事，你好好陪陪她吧，她一直閒得發慌。」

「要我怎麼不在乎啊……別的先不說，我跟都村小姐非親非故……」

「哎，不用想這麼多，去吧。」

十枝醫生有些強硬地打斷話題，把我趕了出去。

如此這般，下西洋跳棋的時候，我一心想著不要輸，結果棋子還是接連被吃掉，輸了棋局。

我根本不曉得怎麼樣是失誤？怎麼樣不是？十枝醫生的建議一點幫助也沒有，雖然我早就知道了。

「……搞什麼嘛。」

「唔？怎麼了？你做過功課了？」

彌子姊似乎嗅到我的反抗氣息，歪頭說道。

「……十枝醫生說，西洋跳棋只要別失誤就會贏。」

「沒錯，不愧是內行人。」

彌子姊一面重新擺棋子，一面頻頻點頭。

「原來你和十枝醫生見過面了啊，有獲得什麼有趣的知識嗎？」

我略微遲疑過後，開口說道：

「……我問他彌子姊死後有三億圓的事是不是真的。」

「我不是說過了嗎？你懷疑我啊？」

「可是，醫生說這是瑕疵，因為法律和世界還跟不上金塊病，只好用錢解決。」

「是啊，我的存在充滿瑕疵，身體的瑕疵、法律的瑕疵，還有人心的瑕疵。」

彌子姊把棋子放在胸口，平靜地說道。

「……因為這種瑕疵帶來的錢我不能收。我想來想去還是覺得不對，怎麼能用遊戲……」

「你的態度怎麼跟上次不一樣？」

「因為上次我不知道妳是認真的……這樣太便宜我了……我不能收。」

「為什麼？因為不公平？」

「對啊，這樣完全不成比例……」

「不然江都，你賭條手臂好了。」

彌子姊淡然說道，表情絲毫未變。

「……咦？」

「手指也行。最後我剩下幾枚棋子，你就砍掉幾根指頭，如何？」

彌子姊一面撫摸自己的手指一面說道。她看起來不像在開玩笑。

「我賭的三億圓就是這種東西。」

彌子姊壓低聲音說道。

「你不必覺得不公平，我們賭的東西原本就不可能一樣。我要賭的是我，如果你要配合這種賠率，便要賭上你自己，但我並不希望你這麼做。」

「就算是這樣，賭手指未免太……」

「我的手指也值不少錢。明白就別再說了。」

說完，彌子姊立刻把視線移回棋盤上，下了第一步棋。我也跟著移動我的棋子。

結果，這次的對局依然是彌子姊獲勝，她贏的時候還剩下五枚棋子……一想到這等於是輸掉一隻手的五根指頭，我就覺得自己確實不該亂說話。

「剛才那是拿走五根手指的大好機會啊。」

「……請別說了，這樣會害我分心。我的實力已經夠差了。」

「如果你反省過了，以後就別再說那種話。只要你肯來，我就心滿意足。要是你不來，我會很寂寞的。」

彌子姊的語氣雖然很溫柔，卻有股不容分說的魄力。為何她如此固執，不許我只是單純來和她下西洋跳棋？

「這麼一大筆錢，我真的——」

「不需要？」

「……對，就算沒有這筆錢，我……」

此時，彌子姊微微地笑了。

「不對，你很想要吧？三億圓。只要有這筆錢，你就可以逃離和親生母親、繼父一起生活的家，也可以離開昴台。」

彌子姊說得直接了當、毫不修飾，也毫無惡意。

我知道自己的表情一瞬間凍結了，彌子姊則是若無其事地微笑。喉嚨深處發麻，害我無法好好說話，但我還是努力擠出話語。

「……這是什麼意思？」

「沒想到我會提起你的家境嗎？來到這所療養院以後，我知道了許多昴台的事。這裡的職員很愛說閒話。放心吧，不只你一個，和療養院關係深厚的一籠晴充我也知道。架子上還有昴台的地圖呢，你就把我當成萬事通吧。」

原來她都知道，知道我的狀況，還有以後的命運。一思及此，我的臉頰就開始發燙。現在的彌子姊看起來更像蠱惑人心的惡魔。我花費好一段時間才擠出話語：

「……那妳應該知道我來這裡其實很心虛吧？要顧慮別人的目光，我媽又是眾所皆知的療養院反對派……」

「這種雞毛蒜皮的小事在大筆錢財之前毫無意義。你的母親做什麼，和你又沒有關係。」

彌子姊斷然說道。

「只要有錢，你的人生就會改變。這是真的，我沒騙你。別擔心，我會替你消災解厄。你自己應該也察覺了吧？金錢就是力量。坐在巨人的肩膀上，誰也動不了你。」

或許她說得沒錯。我才十五歲，無法妥善運用三億圓鉅款，就算拿了這筆錢也不知道該怎麼花——或許這些顧慮都是雞毛蒜皮的小事。彌子姊對著啞口無言的我繼續說道：

「還是你顧慮的是繼父？昴台品牌打造計畫，讓當地酒進駐百貨公司，這件事我也知道。你不想來療養院，其實是顧慮到北上伸尚吧？」

「妳連北上叔叔的事都知道？」

「嗯，是啊。我還知道現在他只是經濟上的毒瘤，而且完全沒有替你的未來著想的意思……幾年前倒是挺努力的。」

我想起成天躲在房間裡過日子的北上叔叔。在彌子姊心中，北上叔叔只是一種資訊，對我而言卻是活生生的人。

「我想說的是，你有收下三億圓的理由，而我有給予三億圓的能力。對於這一點，我希望你別再囉哩囉嗦。無論你做何感想，你的狀況是可以用錢解決的。」

彌子姊又補上一句：

「而我只是想要個下西洋跳棋的伴而已。如何？江都，你不覺得這是個很好的提議嗎？」

她的語氣彷彿在說我不可能拒絕。

的確，依照剛才的狀況，我完全沒有拒絕的理由，也確實需要錢。

如果是能夠冷靜思考的人，應該會乖乖聽從彌子姊的提議吧。不過，我是個蠢蛋，而且是自尊心高得無藥可救的蠢蛋。

「……不需要。」

「少騙了，我什麼都知道。」

彌子姊面露微笑，眼神像在看一個鬧脾氣的小孩，所以我也不再客氣。

我從椅子上起身，瞪著彌子姊。

「我知道妳是故意這麼說的，好讓我不會因為無謂的自尊心而放棄三億圓。不過，妳這麼做是反效果。」

「咦？」

「我比妳想的還要蠢多了。今天我先回去了，繼續待下去也無法冷靜地說話。」

「我的意思是，你不必放在心上——」

彌子姊從床上朝我伸出手來，我甩開她的手說道：

「妳認為我來這裡是為了錢嗎？因為妳知道我的家庭背景，所以覺得我就算是為了錢也無所謂？」

「不是的，既然你見過十枝醫生，應該明白吧？因為……」

「我完全不明白！失陪了。」

撂下這句話以後，我立刻離開病房，還刻意關上拉門，因為我覺得彌子姊說不定會追上來。然而，彌子姊並未追來。

我是真心覺得彌子姊的腦袋有毛病。

因為我很窮，家庭環境又惡劣，日子過得很辛苦，所以她覺得給我一大筆錢，我就會很開心嗎？活像抱著好玩的心態，把蛋糕給一個飢餓的小孩。豈只如此，彌子姊還把蛋糕當成討價還價的材料。

她那麼說，擺明是「好好陪我便能賺大錢」的意思。這樣實在太低俗，也太囂張。

我甚至覺得，彌子姊一定是因為長期與病魔奮戰，忘了普通人的感覺，分不清什麼話

可以說、什麼話不該說。

可是，我還是忍不住暗想——

如果不是這樣呢？如果彌子姊那麼說，是有別的理由呢？如果她炫耀三億圓這張王牌是另有用意呢？可是，我手邊的資訊不足，無法思考這個問題。

只有一股怒意湧上心頭。北上叔叔的事、媽媽的事，還有我見不得光的心願被看穿的事。

雖然這麼想，但我心裡仍然有些期待彌子姊從病房裡追過來，而這一點讓我更加生氣。

▼137天前

那一天的課程改成自習課。

分校只有四個老師，一半負責帶國中生，只要有一個人請假就無法照常上課。

到學校以後，我看見教室裡寫著語焉不詳的指示：『可以回家，也可以看書。』

教室裡只剩下月野同學一個人。

「啊，江都同學，你也來啦？你要回家？還是自習？」

「呃，我不想念書……」

「宮地和加賀同學也一樣，說反正沒有要考什麼好學校，不用念了。念書又不是為了考試。」

「除了妳以外沒有人留下來自習，代表大家都是這麼想吧。」

說歸說，我也不想回那個家。我和升學組不一樣，不必念書。最後，我決定逃進圖書室，待到放學為止。

我沒有想看的書，便找起西洋跳棋的相關書籍，但是找不到附有詳細解說的書，畢竟分校圖書室的藏書原本就不多。不過，雖然沒有西洋跳棋的相關書籍，卻有西洋棋和將棋的書。

我找不到想看的書，只好隨便抽一本字典坐下來。但我又不學乖，忍不住查起西洋跳棋的單字，想想實在很嘔。

我知道自己為什麼會變成這樣，原因就是彌子姊。

一夜過去，後悔之情逐漸湧上來。我那樣奪門而出，不知道彌子姊做何感想？這下子我連去病房的理由也沒有了。

不曉得彌子姊現在在做什麼？我想像著彌子姊獨自坐在西洋跳棋盤前的模樣，罪惡感頓時爬上心頭。下次申請面會，搞不好會被拒絕。一思及此，我便無心做任何事，索性闔上字典，在桌上趴下來。

「喂，別在這裡睡覺。」

趴了一會兒後，有人對我搭話。我不情不願地抬起頭，只見晴充站在眼前。

「江都，你很閒的話，陪我一起去採買吧。」

「……採買？」

「分校祭的預算撥下來了，打鐵要趁熱。」

哦，所以晴充才不在教室裡。

「……你只是要找人幫你提東西而已吧？」

「因為除了月野同學以外，大家都回家了，只剩下你一個。有什麼關係嘛，你也喜歡採買吧？」

彌子姊的臉龐瞬間浮現於腦海中，不過，我們並沒有約好要見面。

昴台是個小村落，只有一家雜貨店，店裡塞滿各種便利的用品，定位就和麓町的超商差不多，但還是有點不同。這家店沒有名字，通常被稱為「雜貨店」，或是冠上老闆的姓氏，稱作「森谷先生的店」。

「森谷先生，我們今年也來採買分校祭要用的東西了。」

晴充呼喚後，一個年約四十的男人從店裡慢吞吞地走出來。森谷先生帶著一如平時的笑容迎接我們。

「哦，分校的小弟弟來啦。已經到了這個季節嗎？」

「是啊。如果沒有我們，這家店會不會倒啊？」

「少胡說了，要是這家店倒了，昴台也完蛋啦！」

面對晴充的調侃，森谷先生爽朗地笑道。

「你是日向吧？過得還好嗎？」

「是……好久不見。」

我也點頭致意，覺得有點尷尬。

從前，我也常來森谷先生的店。

只不過，森谷先生是不折不扣的療養院贊成派。以「替昂台注入活水」為說詞遊說大家的森谷先生，和我媽自然是水火不容，因此不知不覺間，森谷先生的店對我而言，成了只有在這種機會才會前來的地方。

「我知道你過得不輕鬆，好好加油。」

森谷先生似乎明白我的隱情，只說了這句話，便又繼續和晴充聊天。

好一陣子沒來，森谷先生的店改變許多，不知幾時間賣起雜誌來了，也進了些沒看過的零食和果汁，旁邊還擺放著農具。森谷先生的店與昂台一起改變了。

不過，其中也有沒變的部分。

店裡一角放著許多油漆罐。

森谷先生正是在療養院落成約一年後想出了這種創造性用法的人。白色圍牆上貼滿傳單，無助於雜貨店賺錢——察覺此事的森谷先生在幾天後進了油漆罐及刷子。

三點二公升的罐裝油漆在這裡要價五千圓，但依然銷售一空。當然，是為了在療養院的圍牆上作畫。是誰先起頭的沒人知道，最初的塗鴉是在夜裡完成，後來小孩有樣學樣，甚至有外地人專程為了在圍牆上作畫而來到這裡。

就某種意義而言，或許那是種反抗。

村民對於昴台這塊土地上多出的異物所做的反抗。那陣子，牆上的塗鴉不斷更新，某人完成一幅畫之後，又會有另一個人在上頭畫上新的圖。當時的牆壁宛若巨大螢幕，未乾的油漆味就像背景音樂充斥周圍。

隨著作品不再「更新」，油漆罐也變得滿布塵埃。我輕輕觸摸寫有「紅色」兩字的油漆罐。

那時候，我也窺探過森谷先生的店，像現在這樣觸摸油漆罐。然後——

「要補充油漆嗎？」

此時，晴充對我說道。我並沒有做任何虧心事，但不知何故，我無法直視晴充的眼睛。

「……不，分校的油漆已經很夠用了。只有畫立牌的時候用得到吧？」

「可是那是最醒目的部分耶。有缺什麼顏色嗎？」

「變少的只有紅色。畢竟顏色種類一堆，很多顏色的油漆本來就沒有。」
「流行已經退燒了，店裡居然還有油漆。」
所謂的流行，指的應該是昴台人一窩蜂地在圍牆上作畫的事吧。
「你爸爸沒說什麼嗎？」
「要說什麼？」
「雖然這是在政府主導下興建的昴台設施，但也算是你爸爸的東西吧？被人亂塗鴉，他沒生氣嗎？」
「他還笑著叫我『順便也去畫一畫』呢，所以我在角落畫了當時很迷的樂團標誌，不過被別人蓋掉了。」
看著笑得天真無邪的晴充，我不禁暗想：一籠德光真的是為了昴台而建造療養院的。不知何故，一思及此，就有種冰冷的東西插進皮膚底下的觸感。
「雖然現在已經沒什麼人在塗鴉，不過我還挺喜歡的。」
「用完的油漆罐被到處亂扔，造成社會問題，現在退燒了不是正好嗎？」
「啊，是啊。聽說有很多人氣呼呼地跑來向森谷先生抗議，要他處理那些垃圾。

不過我覺得，圍牆已經完成了。畢竟鯨魚也來了嘛。」

晴充說的應該是「二月鯨」吧。

「所以我很好奇，如果現在讓你作畫，你會畫什麼？」

「不會有這種機會的。」

說歸說，我仍稍微想像一下。

倘若我擁有能在這家店盡情購買油漆的財力，我會在那道牆上畫什麼呢？

如果我贏了彌子姊，這個無謂的問題是否就會有答案？一思及此，我的心頭突然變得亂糟糟。

我們一口氣買齊分校祭要用的東西，沒想到量還不少，有裝飾教室用的無痕膠帶、補強立牌用的牛皮膠帶。由於學校禁止我們將展示物直接張貼在教室裡，因此我們還買了三卷覆蓋牆壁用的壁報紙；又因為預算還有剩，連紅色油漆都買了。

晴充抱著裝滿雜貨的袋子，我則是提著油漆罐，走在他的身邊。

回到分校時，時間已經很晚了，就算去療養院，應該也逗留不了多久吧。

不知道彌子姊正在我沒有到訪的病房裡做什麼？是不是覺得我很薄情？「要是你不來，我會很寂寞的。」我想起她說過的話。

此時，我猛然醒悟。查詢西洋跳棋、想起待在病房裡的彌子姊便心亂如麻，都是異常狀態。不知不覺間，我的生活開始繞著彌子姊打轉，這一點讓我感到十分恐怖。

「弄到這麼晚，抱歉。」

「沒關係。」

我把袋子和油漆放進倉庫裡，如此回答。不過一天而已，一天沒去，我不認為彌子姊會放在心上。

「欸，我可以問你一個問題嗎？」

晴充突然喃喃說道。

「什麼問題？」

「你去過療養院吧？是去探望都村小姐嗎？」

你怎麼知道？這般心思或許流露到臉上，我還沒開口詢問，晴充便辯解似地說：

「哎，我……勉強算得上是療養院相關人士，這次都村小姐年紀和我相近，所以他們就介紹給我認識。」

「介紹？什麼意思？」

「哎，就是叫我陪都村小姐聊聊天的意思。」

晴充支支吾吾地說道。

彌子姊確實提過「一籠晴充」這個名字，而他是療養院事業相關人士的兒子，即使認識彌子姊也不足為奇。我想像著「要是你不來」的「你」變成「晴充」的情況，不知何故，感覺很不舒服。晴充無視這樣的我，悠悠哉哉地繼續說道：

「你和都村小姐是什麼關係？」

「也稱不上關係，只是認識而已……而且是最近才認識。」

晴充究竟知道多少？彌子姊死後我可能得到三億圓，和我們是用西洋跳棋決勝負一事，他也知道嗎？

不知何故，莫說繼承三億圓，就連西洋跳棋的事，我都不想讓晴充知道。

「這樣很好啊。她好像是真的無親無故，你能去陪她，我也很開心。雖然我想像不出她會和你聊什麼就是了。」

晴充笑道，完全不知道我的心思。

他和彌子姊似乎只是點頭之交，連彌子姊會下西洋跳棋都不知道。

大概只是擔心獨自住院的彌子姊吧。單純的善意、表裡如一的善意，這樣才像晴充的為人。

「你也可以去啊，都村小姐應該會很開心吧。」

「為什麼？」

如此回答的晴充一副打從心底詫異的表情。

一瞬間，我覺得不太對勁，但是我並未察覺不對勁的原因。

直到許久以後，我才知道此時晴充在想什麼。

▼136天前

並不是因為晴充提起，我才這麼做的。

隔天，我前往療養院。

彌子姊大剌剌地提起我的家務事，至今依然令我心存芥蒂，不過還不到不想再看到她的地步。

相反的感情互相衝撞，讓我裹足不前。當我察覺自己刻意繞遠路拖延時間時，心情變得更糟了。

這時候，我在分校通往療養院的方向發現一條已經不再使用的水道。那條水道應該是為了將水引到「從前蓋在療養院所在地點上的某個建築物」而挖鑿的，不過我已經記不得那是什麼建築物。

我在雜草叢生的水道裡走了片刻，碰到一扇上了紅漆的鐵絲網門，門似乎沒有上鎖。如果這條水道通往療養院，就去找彌子姊吧——我邊如此暗想邊前進。

水道果然和療養院的後門相通。後門比正門小一點，同樣裝有監視器。

要是彌子姊正隔著這台監視器看著我，該怎麼辦？我懷著這個念頭，緩緩打開格子門。

「你怎麼來了？」

彌子姊劈頭就是這句話。她拄著床邊桌，一臉無聊地望著窗外。

「既然擔心被人看到，別來不就好了？」

「……我找到一條捷徑。有條已經沒在用的水道可以通到療養院的後門……」

我並不想滔滔不絕地說明這種事。比起說明自己是怎麼來到這裡的，應該還有其他該說的話才是。彌子姊也一樣，不著邊際地回了句：「那條捷徑我也知道，只是上了鎖。」我們想說的明明不是這些話。

「江都，接好。」

此時，彌子姊突然扔來某樣東西。我差點漏接，幸好及時接住。

「喂，不要突然扔東西——」

「你就用那個聯絡我吧。啊，那個不能上網，我裝了內容過濾軟體，你只能用來和我互傳訊息而已。」

在我手中是一支全新的智慧型手機，裸露的背面在光線照射下散發著微光。

「我都設定好了，應該可以直接使用。按下訊息鍵，就可以看到都村彌子。」

彌子姊將視線移回窗外，連珠砲似地說道。

「不，等等，這是怎麼回事？」

「……抱歉，上次針對你的家境說了那些有的沒的。我事後想想，真的……不太禮貌。」

彌子姊的聲音顯得有些緊張，說起話來結結巴巴。

「我以為那麼說，你就會答應。我的心意依然沒變，不過，當時我的行為確實沒有顧慮到你的心情……我是因為時間所剩不多，操之過急……」

說到這兒，彌子姊終於轉向我。

「……你也說說話啊。我明白你氣了三天的心情。我懂，也在反省了……」

「我沒來不是因為在生氣……」

「那你要說啊，不然我怎麼曉得？我就是為了這個才送你手機。知道嗎？以後要事先聯絡一聲。」

「……呃，知道了。」

「萬事拜託。」

回過頭來的彌子姊像個小孩般嘟著嘴巴，不知是不是因為光影的影響，看起來有

種泫然欲泣的感覺。

「……我也要道歉。」

見到她那副模樣，我的話語跟著脫口而出。

「害彌子姊，呃，胡思亂想……」

「……唉～居然讓一個年紀比我小的男孩子跟我道歉。這下子你知道了吧？我是個幼稚又有害的傢伙，如果沒有三億圓可拿，你馬上就會拋棄我了。」

「這麼說來，只要妳還活著，就絕對不會被拋棄了。」

聽她特別強調「年紀比我小」，我一時氣憤便如此回嘴，說完以後，才驚覺自己又說了難聽話，連忙望向她。

然而，彌子姊並沒有生氣，反而一臉開心地看著我。

怎麼回事？剛才我還覺得自己對彌子姊多了幾分了解，現在又搞不懂她。不知是不是察覺到我的困惑，彌子姊將某個劃時代的溝通工具放到桌上。

西洋跳棋盤。

「那就來下棋吧。不過，要是你覺得單純下棋過意不去，就拿你自己當賭注好了。」

「可是我不想砍手指。」

「嗯，所以不砍手指，跟我說說你的事就行。」

我正在擺棋子的手停住了，彌子姊趁機將所有棋子火速擺好。下了第一步棋以後，我才微微地歪頭反問：

「什麼意思？」

「就是談談你自己啊。除了我聽到的閒話以外，應該還有其他事可講吧？」

說著，彌子姊移動了中央的棋子，我則是移動毫不相關的棋子。

「……很普通啊，毫無起伏的生活。和普通人一樣去分校，和普通人一樣上課，和普通人一樣覺得無聊。昴台的小孩都集中在分校讀書，年齡有大有小……大家都是配合指導要領做課題，我做的是後段班的課題。」

「喜歡的東西是？還有討厭的東西是什麼？」

彌子姊吃掉我留在中央的棋子，我移動邊緣的棋子。

「喜歡的東西啊……沒什麼特別喜歡的。喜歡或討厭某樣東西也是種起伏，再說昴台根本沒有這樣的東西。」

「原來如此。」

彌子姊面有得色，我完全搞不懂她明白了什麼。仔細一看，我已無法阻止彌子姊的棋子成王。彌子姊的棋子行雲流水般抵達棋盤底線，背起我的棋子，悠然成王。

「那彌子姊呢？喜歡什麼東西？討厭什麼東西？」

「說起來可多了。我熱愛史學，所以大學才會專攻這門科目。我也很喜歡玩桌遊。因為現在處於這種狀況，我討厭生病，不過醫院本身倒是不討厭。」

我用周圍的棋子牽制，阻擋成王棋子的去路。

「還有你。」

然而，彌子姊僅用三步便突破包圍，吃掉我的棋子。

「……啊？」

「我是說真的，你來我很開心。謝謝你的陪伴，真的。」

彌子姊笑道，表情充滿落寞。我從未見過這樣的表情，不由得屏住呼吸。

「就算妳不說這些話，我也……」

說到這兒，我停住了。就算她不說這些話，我也怎麼樣？我也會來嗎？為了什麼而來？

「……不，剛才妳不是說過嗎？我才不會放過得到三億圓的大好機會。我會繼續來，直到贏過妳為止。」

情急之下，我說出這番話。其實不是這樣，可是究竟是怎麼樣，我自己也不明白。

「那我可不能輸。搞不好我永遠不會輸喔。」

「這是遊戲，或許能讓我矇到一次。」

「五次。」

「咦？」

「西洋跳棋棋王馬里恩・汀斯雷出道超過四十年，在公開賽裡只輸過五次。」

彌子姊壓制了我最後一顆棋子。我已經無路可走，只能認輸。

「說不定你得陪我下四十年的棋。」

「我到時候大概已輸了幾千次吧。」

我立刻重新擺好棋子。既然預定要輸上幾千次，動作還是快一點比較好。棋局如

火如荼地展開，我移動中央的棋子。

「對了，江都，你有喜歡的女孩子嗎？」

「問這種問題也太……不，無可奉告。」

「哦？」

我的棋子像隻無頭蒼蠅般亂闖，被彌子姊輕而易舉地吃掉了。

結果，今天我也在一局未贏的狀態下踏上歸途。

水道依然暢通無阻，只要走這條路，應該不會被監視器以外的人看見。

正當我若無其事地走在回家的路上時，放在口袋裡的智慧型手機震動起來，是彌子姊傳來的訊息。

『最後的對局，如果你的盤面讓我來走，我可以贏。提示是Ａ５。』

她這麼熱愛西洋跳棋啊？我一瞬間如此暗想，隨即又揣測她的言下之意，回覆了訊息。

『下次再下吧。』

『好好精進。』

看見這四個字，不知何故，我的心頭百感交集。

『妳開出「用西洋跳棋打敗妳」的條件，是不是為了製造我去病房的理由？』

我不知道該不該送出這段文字，煩惱了一會兒，最後還是刪除。

我將手機切換為震動模式，一面思考藏在哪裡才不會被發現，一面走回家。

▽

此時，電話震動起來。

明知來電的不可能是彌子姊，我還是緊張兮兮地查看。

確認上頭顯示的電話號碼之後，我關掉手機。離開療養院過了兩個多小時，院方應該已經察覺異狀，馬上會採取行動追捕我。我咬緊嘴唇，推動輪椅。

都到了這個關頭，或許我該丟掉手機。警察能靠關機後的手機進行ＧＰＳ定位嗎？可是，這是彌子姊送我的第一個禮物，我實在捨不得丟。

彌子姊給我這支手機時，說這是專門用來和她聯絡的。
這麼一想，這支手機或許已經沒有意義，因為彌子姊再也不會傳訊息給我。
連化為長物的手機都無法割捨，彌子姊會笑我嗎？
還是會說長物也是有感情的呢？

▼106天前

「文化祭啊？真是充滿青春氣息。」
床上的彌子姊一臉開心地拍手說道。
分校祭即將於三個月後來臨，分校學生都開始著手進行準備，具體上來說，是每個星期都會留校一天。想當然耳，那一天我不能來療養院。
「話說回來，為了一個星期的一天特地道歉，你也真夠一板一眼。你明明幾乎每天都來報到啊。」
「……我不是在道歉，只是覺得沒說一聲就不來，妳可能會擔心。再說，妳接受集中檢查的時候，我也不能來。」

「嗯、嗯，沒關係，我很開心。」

彌子姊似乎完全沒把我說的話聽進去，喜孜孜地點了點頭。

「真羨慕，我也好想去喔，只是不知道兩個月後的我會變成怎麼樣。」

「那不是什麼大不了的祭典，只是因為昴台沒有娛樂，大家才那麼興奮。」

「你又說這種話。」

「是真的。分校的學生包含小學部在內，總共只有三十幾個人而已。」

「啊，真的滿少的。」

「國中部的我們畢業以後，大概就會和三鳥內合併了吧。」

「嗯，雖然財政因為昴台療養院而改善不少，還是無法解決人口外流的問題。」

「哎，昴台真的什麼都沒有，想上高中只能去外地。」

「是嗎？哎，如果你要升學，也必須離開這裡。」

正如彌子姊所言，如果我要升學，就得前往三鳥內，或是去更遠的地方上高中，到時候，要每天來療養院就很困難了——想到這裡，我才察覺自己犯了很大的錯誤。

如果我能上高中，代表彌子姊已經不在這所療養院裡。

「要我猜猜你在想什麼嗎？」

「不要。」

「如果彌子姊沒在准考證發下來之前死掉，我就來不及上高中……對吧？」

「我真的要回去囉。」

「我是出於好意，想用低劣的笑話覆寫不愉快的想像。我在反省了。」

彌子姊淘氣地合掌道歉。面對這樣的她，我的內心五味雜陳。我至今依然無法喜歡彌子姊的這一點。距離明年春天還有好長一段時間，就算指著沙漏的殘沙而笑的是彌子姊本人，我還是難以接受。

「彌子姊是計劃在我升學之前死掉嗎？」

「雖然沒預約，不過自己的身體，我多少還是明白。」

「……沒有治好的可能性嗎？」

相識至今，這是我第一次提出這個問題。

「也不能說沒有，畢竟這是未知的疾病。」

彌子姊大概自問自答過許多次吧，她說得一派泰然。

「不過，哎，我想還是有可能找到治療方法，機率大概和你贏過我差不多。」

「那還滿高的啊。」

「是啊，畢竟是舉全國之力在進行研究嘛。」

床邊桌上擺著棋盤。我們只顧著說話，棋下到一半就停住了。如果我把被吃掉的棋子偷偷放回去，應該不會被發現吧……我想動手腳，可是馬上就穿幫了。

「要搞這種場外亂鬥，我比你狠多了，你打消念頭吧。」

說著，彌子姊露出淘氣的笑容。她這副模樣，我至今仍然忘不了。

我遇見遊川，就是在這一天的隔天。

「喂～同學。那邊的同學，別不理我啊。」

在我一如往常前往分校上學時，有人叫住我。

當時我就有種不祥的預感。這個狹小的村落鮮少有陌生人到來，回頭一看，對方一副顯然不是昴台人的打扮，更加強我的警戒心。老舊的外套和褪色的牛仔褲，呈現負面的都會感；年紀大概是三十五、六歲，總之是個異類。

「……什麼事？」

「態度別這麼嗆嘛。我就知道，這裡的人對外地人都很冷淡。鄉下地方就是因為這樣才會衰退。」

「有什麼事快說吧。」

「別露出那種表情。我叫遊川，常在雜誌《現在週刊》上寫報導。」

《現在週刊》——聽到這個名字，我立刻想起來了。我看過那本雜誌的報導。

「……就是有『二月鯨』報導的……」

「哦，你知道那篇報導啊？哎，昴台人都是這麼稱呼的。寫那篇報導的就是我，只不過後來被批評得很慘。」

「……」

「別露出那種表情。標題的字數有限，要在有限的字數內吸引大眾的目光，只能用『怪病』這兩個字。」

遊川滿不在乎地說道。我的情緒突然開始翻騰。用「怪病」兩字概括金塊病的男人就在眼前，被這個男人命名、悠然游泳的鯨魚——一切的一切都讓我感到不快。不過，我關注的是另一件事。

這個男人來到昴台，究竟有什麼目的？

遊川對滿腹狐疑的我說出簡潔有力的答案。

「欸，你要繼承都村彌子的財產嗎？可以拿到三億圓的感覺如何？」

「——你、你沒頭沒腦地亂說什麼？」

「啊，沒枉費我對櫃檯人員死纏爛打，要求採訪療養院。」

我這才發現他是在套我的話。將動搖視為強力測謊機的男人現在鎖定我為目標。

「……你想做什麼？」

「我並不是想寫譁眾取寵的報導，只是對於這種多發性金化肌纖維發育異常症擁有非比尋常的興趣而已。」

「那你該直接去問都村小姐。」

「我想知道的不是本人的事，而是受這種疾病影響的人。」

遊川淡然說道，口氣活像在談論實驗動物，和彌子姊談論自己時一樣冰冷。面對

愣在原地的我，遊川繼續說道：

「這是種很殘酷的疾病，我把它稱作吞噬價值的疾病。」

「吞噬價值的疾病……」

「你認為你的價值高於和自己一樣重的金塊嗎？」

面對這個突如其來的問題，我再度愣住了。

我上次量體重大約是六十公斤。我不知道六十公斤的金塊值多少錢，不過我敢肯定，自己的價值遠遠不及六十公斤重的金塊。見我沉默下來，遊川語帶嘲諷地說道：

「不認為自己有價值的人罹患這種病，就跟掉入地獄一樣，必須面對自己死了比活著更有價值的事實。身邊的人也必須不斷證明。」

「證明？」

「證明自己不是為了錢陪伴病人。」

遊川這番話，猶如把我一直沒發現的傷口挖出來用火烤。

「你應該也很痛苦吧？啊，這話不該當著本人的面講。」

「你只是在興風作浪而已。」

「興風作浪？嗯，或許是吧。」

不，並不是興風作浪。我的身體活像氣壓計的指針般不斷發抖。我巴不得早一刻逃離這裡。遊川對於這樣的我似乎很感興趣，視線始終盯著我不放。

「是我不好。欸，你知道都村彌子為何沒有家人嗎？」

「……你怎麼會知道？」

「因為我是吃這行飯的。」

遊川說道，揚起單邊臉頰，彷彿在試探我一般。我強作鎮定，心臟卻是撲通亂跳。

「我不想聽……失陪了。」

「順便問一下，你知道『二月鯨』的作者是誰嗎？我一直查不出來。」

「不知道。」

我說道，打算硬生生地結束話題，這一瞬間，一捆紙扔到我的腳邊。

「攜子自殺。父母載著弟弟開車蓄意撞破護欄。全家只有都村彌子一個人沒坐上那輛車，逃過死劫。」

我根本不想聽，遊川卻一口氣說完這件事。腳邊的紙上印著比現在略顯稚氣的彌

子姊照片。都村彌子，十二月二日生，二十一歲。我不知道的個人資訊。我忍不住撿起紙來，塞進書包裡。

「和都村彌子扯上關係以後，你會有什麼變化？我拭目以待。」

說完，遊川便沒再多說什麼。

那一天的棋局，我下得亂七八糟。

我沒想到西洋跳棋竟是如此反應心境的遊戲。我中了彌子姊的明顯陷阱，移動不該移動的棋子，甚至還讓好不容易成王的棋子杵在原地。

「發生了什麼事？你不要緊吧？」

第二局結束時，彌子姊緩緩問道。我直接了當地反問：

「到了彌子姊這種程度，就能夠透過棋路看出對手的心思嗎？」

「不，是因為今天的你雙眼發直。」

「……」

「你從頭到尾只盯著某一點，我當然看得出來。怎麼了？」

說著，彌子姊抓住我的臉頰，硬生生地抬起我的頭。比起異常冰冷的體溫，彌子姊凝視著我的雙眸更讓我的心臟撲通亂跳。事到如今，要瞞是瞞不住了，差別只在於吐露多少而已。

「……外、外面有個週刊雜誌的記者……」

「啊，不要緊，記者進不了療養院的。唔？還是他對你說了什麼？他欺負你嗎？」

我一時語塞。

因為我最先想起的是那番關於證明的話。

——和彌子姊在一起的人，必須不斷證明自己不是為了錢陪伴她，這種境遇宛若詛咒。不過，這是我自己的問題。

彌子姊依然目不轉睛地凝視著我，如果我什麼都不說，她大概不會鬆手吧。隔一會兒，我撇開視線說道：

「他說彌子姊……」

「說我怎麼樣？」

「……彌、彌子姊的家人攜子自殺。」

「哦……原來如此。」

我吐出其中一個芥蒂，彌子姊恍然大悟地點了點頭，放開我的臉頰，我差點因為反作用力而往後倒。

「所以你一直耿耿於懷？」

「也不是耿耿於懷啦……只是沒想到這是妳沒有家人的原因。」

「抱歉、抱歉，我應該先告訴你的。不過，其實這也沒什麼好隱瞞。家庭失和一旦演變成社會案件，就不再是家務事了。」

彌子姊若無其事地點了點頭。

「……可以告訴我事情的經過嗎？」

「沒什麼大不了的，就是常見的父親事業失敗、導致破產的故事。當時，我爸爸已經走投無路，家裡的氣氛也很糟，可是有一天，他居然提議全家一起去兜風，而且還選在平日，要我們向學校請假。」

彌子姊的表情絲毫未變，淡然地繼續說道：

「你聽了也覺得很奇怪吧？當時我才九歲，便察覺事有蹊蹺。我很聰明，一眼就看出他們在打什麼歪主意，所以說班上當天要決定運動會的參加項目，堅持不請假。結果爸爸一下子就讓步，當天讓我照常去上學。可是弟弟就不一樣了，他當時只有小學一年級，聽到可以向學校請假出去玩，怎麼可能不跟去？」

是我太聰明了——彌子姊感慨地說道，雙眼彷彿凝視著遙遠的彼方。

「只有我弟弟被帶走。」

她的聲音在這時候微微沉下來。

「班導把我叫去的時候，我完全不驚訝，甚至因為事情不出所料而鬆一口氣。然後，一想到只有我一個人靠著機智逃過一劫，我就好開心。只可惜我弟弟怎麼勸也勸不聽，不知道他當時坐在衝出護欄的車子裡，心裡有何感想？」

「……天啊……」

「我就這麼進了育幼院，不過至少是活下來了。親戚全都很冷漠。這麼說或許有點自賣自誇，但我能夠撐到現在真的很厲害。所以說，嗯，這是我的生存體驗，我是靠著自己開拓了活路。」

彌子姊的眼睛靜靜地燃燒著。

我不知道該說什麼才好，只能想像彌子姊的壯烈經歷。我很慶幸彌子姊沒有死，很慶幸她活下來，可是見到她強烈的眼神，又無法輕易說出這些話。

「所以你應該懂了吧？」

「懂什麼？」

「我死都不想讓那些親戚說『謝謝妳死掉』。」

「……我也不想說這種話。」

「別露出那種表情嘛，真可愛。」

聽彌子姊如此揶揄，讓我很不高興。

如果有錢，彌子姊的父母應該不會選擇攜子自殺吧，所以彌子姊才想把錢留給狀況雖然不同但同樣缺錢的我嗎？我不知該怎麼說，光是想像，心頭就亂糟糟的。

最讓我懊惱的是，我是透過那個記者才得知這段往事。我就像是要一吐胸中的鬱悶一般說道：

「……我還想問一個問題。聽說彌子姊是高材生，是真的嗎？」

「是啊。在變成這樣之前，我可是很優秀的，在校內還受過表揚，也參加過好幾次實地調查。如果我沒有染上這種病，應該會進研究所鑽研史學吧。」

「妳本來還想繼續做研究？」

「當然啊，那是我好不容易抓住的機會。」

「打個比方，妳沒想過要把三億圓捐贈給大學嗎？」

「當然沒有。試想，我不能做研究，其他人卻因為我死掉而有了豐厚的資金做研究，多令人不甘心啊！那所大學裡最聰明的人絕對是我——」

我朝著侃侃而談的彌子姊扔出一疊資料，是那個叫遊川的記者給我的，上頭除了彌子姊的照片以外，還刊載了她的經歷、主修科目與在學時的獲獎紀錄。攜子自殺事件也包含在經歷之內。

「還真齊全啊。」

彌子姊翻了翻資料，喃喃說道。

「彌子姊研究的是什麼？上頭說妳的中英文都很流利，是靠著不用償還的獎學金

上大學的，是真的嗎？」

來到昴台療養院之前，彌子姊有她的人生，有她想做的事和進行的研究，而現在她的腦中依然裝滿知識——直到現在，我才重新體認到這一點。

這一切的一切都不是聽彌子姊親口告知的，令我懊惱不已。我再也不想嘗到這種滋味。

「我想多了解妳。」

「好啊，我有問必答。」

彌子姊將遊川給我的資料扔進垃圾桶，微微一笑。

「邊下西洋跳棋邊聊吧，我也想多了解你。」

▼95天前

管理昴台分校國中部的是主任堤小百合老師。她向來是個處變不驚的人，今天卻露出動搖之色。

我也一樣，光是與堤老師面對面，全身就像凍結了一樣。我繃緊表情，以免露出動搖之色，只是不知道管不管用。

當然，堤老師並沒有責備我的意思。這只是單純的雙方面談，其他學生也都經歷過，是極為尋常的事。

「江都同學，我看過你的出路調查表了。我就開門見山地說了，我不能收下這份調查表。你自己有什麼想法？」

「……我沒有想法。」

堤老師對著我的調查表深深嘆一口氣。第一志願欄填的是「在昴台就業」，其餘全部空著。我沒有其他志願可填了。如此難以進行的雙方面談應該是絕無僅有。對於老師的處境，我彷彿事不關己似地感到同情。

「你完全沒有升學的打算嗎？」

「對。」

我斬釘截鐵地回答，老師露骨地皺起眉頭。

「那你從分校畢業以後要做什麼？」

「就像我寫的一樣，在昴台找工作……我打算去長假期間打過工的農地或山地問問可不可以讓我去工作，媽媽是建議我去昴台的務農諮詢中心諮詢。」

建議這個詞並不貼切，媽媽怎麼說，我就得怎麼做。媽媽不會接受其他出路，而我也沒有反抗她的氣力。聞言，堤老師的臉色更加沉了下來。

「你總不能一輩子都待在昴台吧。這個村落的工作機會不多……」

「但也不是完全沒有。沒關係，反正我的功課也不好。」

接著，老師誇獎我一番。然而我知道，光靠這些話，我是無法離開昴台的。

我家很窮，就算不窮，媽媽也不會替我出學費讓我離開昴台。就是這麼一回事。

「不過，江都同學……」

北上叔叔應該也不會插手吧。

不過，如果有三億圓的話……

正如彌子姊所言，大筆財富可以改變人生。我想起她說「誰也動不了你」時的表情。如果是像她那樣的聰明人，想必辦得到吧。

不，以彌子姊的本事，即使沒有三億圓，也能獨力開拓道路。事實上，她就是這麼活到今天的。沒有任何後盾，自力更生，然後……

然後，罹患了金塊病，被關在昴台療養院裡。

「我懂……雖然我是個外人，但是你的處境和你家的狀況，我多少明白。我知道你聽了我說的這些話會很難受，畢竟這不是一個十五歲的男孩子可以作主的事。」

堤老師筆直望著我說道：

「可是，看著你那種萬念俱灰的表情，我實在放不下。我想，或許你其實也有自力更生的念頭。」

老師說這番話時一臉難過，但是視線始終沒有從我身上移開。她不知道我現在的處境。

不知道我認識了彌子姊，得到足以解決所有困境的王牌。

在這段對話之後前往療養院感覺怪怪的。堤老師後來又幫我想了許多離開昴台和去外地就業的方法，並誠實告訴我這些都是艱難的選項。由此可見，她真的是個好老師。畢竟離開昴台，等於從此以後不再回到這裡，得獨自活下去。

我沒對堤老師說出彌子姊的事。

這種時候，我往往會想起遊川所說的「證明」。一旦我在這種來龍去脈下提起彌子姊，我和彌子姊的關係就回天乏術，再也無法證明了。

話說回來，我到底是在向誰「證明」我和彌子姊的健全關係？越是思考，我就越鑽牛角尖。

說歸說，又不能不去找彌子姊。最近只要一開門，彌子姊就會面帶笑容地回過頭來。雖然來的有可能不是我，而是護理師或十枝醫生，彌子姊還是會露出滿懷期待的笑容迎接來人；來的如果是我，她便會輕輕地舉起手來。

「嗨，江都。」

今天的彌子姊獨自坐在床邊桌前研究西洋跳棋殘局。之前她也會看書或滑手機，不過最近都是沉迷於西洋跳棋。

「我正好想試試棋路。來，快開始下棋吧。」

「妳也太迫不及待了。」

「最近你變強了，下棋很開心。要是你變得更強，應該會更好玩吧。」

像孩子一樣興奮的彌子姊好可愛。如果對本人這麼說，鐵定會被調侃一番，所以我沒說出口，但我是真心這麼想。

「呃，我一直覺得很不可思議，為什麼是西洋跳棋？」

「什麼意思？」

「就是妳為什麼不下將棋或西洋棋，而是下西洋跳棋？」

「唔……」

彌子姊沉默下來。莫非沒有特別的理由？在我如此猜想時，彌子姊突然開口說：

「關於桌遊，有段我很喜歡的逸事。那是各界名士談論他們對遊戲的印象，比如『西洋跳棋像是深不見底的水井，而西洋棋則是廣闊無垠的大海』。後來，有個記者拿這些比喻去訪問羽生棋聖對於將棋的印象。」

我不清楚羽生棋聖是誰，只是默默聆聽下去。

「羽生棋聖說是『慢工出細活』。將棋演變成現在的規則，已經有四百年了。先人的智慧在經歷緩慢的變遷之後化成的結晶，就是現在的將棋。這就像是大家合力畫出一幅畫，對吧？」

「哎，的確……」

我的腦海裡浮現療養院的圍牆。

「相較之下，西洋跳棋則是種連起源都不明的遊戲。這種規則簡單的遊戲從一開始就『存在』了。」

腦中的圍牆上浮現一隻鯨魚。

「所以到底是為什麼？」

「總之我就是喜歡西洋跳棋。」

彌子姊大剌剌地做出這個結論，並立刻把棋盤擺到桌上。

「哎，最大的理由應該在於將棋沒有、西洋棋也沒有，只有西洋跳棋才有的特色吧。」

「……什麼特色？」

「這個嘛，我臨死前再告訴你。」

「請別說這種不吉利的話。」

「真的。」

彌子姊滿不在乎地笑道，令我有些不快。一個人罹患不治之症，就能獲得拿自己的壽命開玩笑的權利嗎？

為了轉換心情，我開始思考彌子姊打的啞謎。將棋沒有，西洋棋也沒有，只有西洋跳棋才有的特色？我對於西洋跳棋這款遊戲了解得並不多，但這是我這輩子玩得最認真的一款遊戲。

或許這和彌子姊內心深處的真實感受有關——不是用西洋棋，也不是用將棋，而是用西洋跳棋賭上自己的彌子姊。

「順道一提，捧角也沒有。」

「請別用多餘的提示擾亂我。」

彌子姊邊哼歌邊擺好棋子，並迅速移動靠近中央的棋子。棋局如火如荼地展開，我也跟著移動棋子。

我最近發現彌子姊下西洋跳棋有幾種基本模式，並覺得這應該就是她這麼強的祕訣，但要我具體說明，我又說不出來。

若是我試圖循著模式預測棋步，反而會被她將計就計，反將一軍。我的嘗試一直

未能奏效。

不過，像這樣一面腦力激盪一面下棋，是一件很開心的事。扣除三億圓和彌子姊的病情等問題，西洋跳棋是種很有趣的遊戲。

彌子姊一面下棋，一面閒談她從前做的研究和吃過覺得很好吃的零食，都是些無關緊要的話題。我則是時而附和，時而發問。

每和彌子姊多下一盤棋，就多了解彌子姊一分。我也會談論昴台和自己的事。

這種感覺莫名舒暢，真教人傷腦筋。

我開開心心地回到家時，正好遇上北上叔叔。

媽媽似乎去參加聚會，家裡獲得短暫的平靜。

「江美子不在。」

我和北上叔叔的對話好像總是始於這句話。畢竟我們只有在媽媽外出的時候才能好好說上話。

「學校很忙嗎？」

「啊，呃……」

我遲疑了一瞬間，又覺得「告訴他應該無妨」，便略去三億圓和西洋跳棋的部分，將彌子姊的事告訴他。

「別跟媽說我常去療養院。」

「當然不能說。」

北上叔叔說道，輕輕地笑了。

「既然這樣，你就多陪陪那個女孩吧。」

「……我也是這麼想。」

我隱瞞了西洋跳棋的事，感到有點不自在。看在旁人眼裡，我只是好心陪伴罹患不治之症的女孩嗎？這麼一想，彷彿一切都變得另有企圖。可是我又覺得不只如此，理不出頭緒來。

此時，口袋裡傳來微小的叮咚聲，我和面向我的北上叔叔同時望向口袋。糟糕。

北上叔叔似乎從我的表情察覺是怎麼一回事，微微地笑了。

「接吧。」

「……不要緊，應該是簡訊……」

說著，我確認手機。畫面上是洋洋灑灑的一大篇彌子姊對於今天晚餐的評論。

「沒裝手機殼啊？」

「是啊……」

沒有智慧型手機的我當然沒有手機殼。我的注意力全放在彌子姊送了支手機給我，完全沒想到手機殼的事。北上叔叔看著銀色的機身，微微地笑了。

「過一陣子我再找個適合的給你用吧。」

「謝、謝謝。」

「別讓江美子知道。」

說著，北上叔叔笑了。此時，我的腦海裡閃過從前的北上叔叔。總是笑咪咪地買零食或書本給我，並叮嚀「別讓你媽知道」的北上叔叔。

此時，北上叔叔突然開口說：

「多陪陪那個女孩吧，要是分開太久，感情很快就會變質。」

之後，北上叔叔沒有多說什麼，回到自己的房間。

▼90天前

分校一大早就鬧哄哄的，因為分校祭的煙火秀正式復活。在我忙著和彌子姊下西洋跳棋的期間，晴充去向昴台民眾及分校職員爭取來的。

「簡單地說，原因是資金不足。」

晴充站在講台上說明。國中部的十二人全都屏氣凝神地聽他報告。

「從前昴台的人口比較多，景氣比現在好，放得起煙火。可是最近不景氣，又有昴台林業公會的紛紛擾擾，再加上昴台本來就是個超級鄉下的地方，煙火還得透過森谷先生進貨，所以非常花錢。」

晴充誇張地皺著眉頭說道，宮地立刻與他一搭一唱：

「不過，晴仔現在站在這裡，代表錢已經有著落了吧？」

「問得好，宮地。」

說著，晴充拿出去年的分校祭導覽手冊。

「所以！這次我拿分校祭導覽手冊去拉贊助！我答應森谷先生在手冊上替他的店打廣告，換到一些資金！只要再多拉幾家贊助，錢的問題就解決了！」

晴充意氣風發地宣布，台下頓時噓聲大作：「原來還沒確定？」「真的籌到錢以後再來講啦！」「晴仔學長，你真的沒問題嗎？」

不過，這些噓聲本身就代表對晴充的信賴——只要有晴充領導，一定會成功的無條件信賴。

「對了，只有資金不足這個問題嗎？若是如此，之前應該也有人想靠募捐來解決問題吧。」

此時，月野同學戰戰兢兢地問道。

「還有就是……昴台療養院的問題，怕煙火的聲光吵到療養院。不過，其實這是用來掩飾資金不足的理由。我已經向療養院的職員和目前住院的病人確認過，也徵得許可了，沒問題。」

他說的是彌子姊——我反射性地這麼暗想。哎，彌子姊確實不像是會反對放煙火的人，拍手叫好的可能性反倒比較高。這並不是問題，或該說問題本來就不存在。可是，為什麼一想到晴充可能和彌子姊說過話，我的心頭就亂糟糟呢？

「總之，接下來大家分工合作，有空檔的時候就去拉贊助。贊成的鼓掌！」

晴充登高一呼，教室內隨即響起掌聲。不用說，我也跟著鼓掌。這是當然的。

上完課以後，我留下來幫忙製作分校祭導覽手冊。晴充接下的「廣告」似乎不只是刊登而已，還包含版面編排與設計。換句話說，我們必須製作五十五公厘乘以九十一公厘的廣告，替森谷先生的店宣傳。

身旁的月野同學舉出「陪伴大家的生活」、「國際化綜合商店」等宣傳詞，我一一抄寫下來。

「這樣應該會有很多人願意刊登廣告吧。有晴仔帶頭，大家也會積極拉贊助。」

「廣告要一個一個製作，好辛苦……」

「可是，這也是種珍貴的回憶啊。昴台有什麼、沒有什麼，這下子就一目了然。」

「沒登廣告的店在歷史上會變成不存在。」

比如療養院──我在心中補上這一句。

「啊，對，真的耶。」

月野同學笑得很開心。此時，下午四點的鐘聲響了。學校是五點放學，雖然我們大概不到五點就會散會，但無論如何，今天是去不成療養院了。

我走出教室，偷偷傳訊通知「今天大概不能去了，抱歉」，隨即便收到冷淡的回覆「了解」。看來彌子姊今天也很忙。

五點的鐘聲一響，我就離開分校，當時天色還很亮。從山間灑落的陽光閃耀著金黃色光芒，彷彿忘記該下山似的。我像是要追過拉長的影子般大步前進，此時，突然有人叫住我。

「嗨，江都，居然沒發現我，你的愛不夠深喔。」

聽見這聲呼喚，我忍不住回過頭。

「咦……啊！」

「幹嘛一副撞鬼的表情？」

彌子姊佇立於樹林中，身上穿的不是平時的住院服，而是率性的襯衫加黑色長褲，就連肩上的紅色包包都是從平時的她無法想像的配件。

「……我來了。」

「說什麼『我來了』！妳在做什麼？」

「我想逛逛雜貨店，就偷偷溜出來。」

「妳在幹嘛啊！不會挨罵嗎？」

「會啊，監視器大概也拍到我了吧。不過，拿健康理由罵我也沒用，反正以後死的是我。」

彌子姊撩起頭髮，滿不在乎地說道。見狀，我不禁暗想：來到這裡之前的彌子姊就是這副模樣嗎？佇立於眼前的她，怎麼看也不像是個生了病的人。

說歸說，彌子姊本來是不該外出的。外出會不會讓硬化一口氣加速？一想到這一點，我就忍不住乾焦急。

「沒事啦，我不會因為出外走幾步路就死掉。還是你覺得那所療養院有結界，我只要踏出一步就會死？」

「當然不是，可是擔心是難免的。」

「我看了地圖才知道這裡四面環山。剛來的時候不知道，原來是這種感覺啊，好壯觀。」

彌子姊無視我的話語，環顧被夕陽染紅的昴台。

雖然彌子姊以「好壯觀」形容，但老實說，這樣的地理環境有害無益。昴台之所以給人與世隔絕的印象，就是因為這種地理環境。正因為位於這種地方，運輸費時耗力，才會揮不去封閉感。就算要務農，也必須使用長距離水道引水，樣樣不方便。

「要說是山，也太矮了。聽說從前的人特地開墾這個不知道算山地還是丘陵的地方，建造了昴台，不過老實說，我不覺得這種地方值得費那麼大的力氣開墾。」

「不用說得這麼糟吧。」

就算彌子姊這麼說，但昴台真的是個一無是處的地方。太陽配合我黯淡的心情，逐漸下沉。

「我常想，如果我不是出生在這裡該有多好；如果是生在選擇比較多的地方，或許生活會加更順遂。如果能夠像西洋跳棋那樣一次跳兩格，想去哪裡就去哪裡，該有多好啊。」

「哎，這裡的交通確實是不太方便。」

「彌子姊應該也覺得去其他地方的療養院比較方便吧？」

「這裡也有這裡的好處啊，與世隔絕，很安靜。封閉環境裡的封閉療養院——以及被封閉在療養院裡的我。」

說著，彌子姊猛然攤開雙手，這樣的舉動看起來完全不像個成年人。她失去平衡，身體就這麼浮了起來。我就說吧？所以才要她多小心一點啊。

「哇！」

「彌子姊！」

我不假思索地抓住彌子姊的手，彌子姊也立刻緊緊握住我的手，在千鈞一髮之際免去跌倒的命運。

彌子姊的手好冰冷，體溫和硬度都不像人類。此時，她像是安撫我似地說道：

「……我因為生病的緣故，體溫真的很低。聽說體溫太低不好，所以我平時都會披圍巾、戴手套，遇見你的時候也是這樣。」

「體溫太低不好，那妳今天還忘了戴手套？」

「不過，我很慶幸自己忘了戴，江都，你的手好溫暖喔。」

我無視她的話語，默默拉起她的手，因為不知道這種時候該說什麼才好。現在的我臉色一定很糟吧。見狀，彌子姊哈哈大笑，經她這麼一笑，我的臉變得更紅了。

彌子姊的手瘦巴巴的，讓我不禁聯想到肌纖維硬化，可是每當我想深入思考，思緒就會被她的笑聲打斷。她的聲音有股魔力。

我們就這樣手牽著手漫步，不久後，昴台療養院的圍牆映入眼簾。彌子姊立刻高聲歡呼，甩開我的手，奔向圍牆，並用剛才牽著我的手觸摸鯨魚的黑色皮膚。

「是『二月鯨』耶！我很喜歡這幅畫。」

彌子姊站在鯨魚前方，看起來更顯嬌小。鯨魚連瞧也沒瞧上彌子姊一眼，悠然在圍牆上游泳。

「這隻鯨魚在我來到療養院不久之前曾經引起討論，對吧？聽說『二月鯨』這個名字是某本雜誌取的。」

「妳看過？那是把金塊病稱為怪病的報導耶。」

「扣除這一點，我還挺喜歡那篇報導的下標方式。剛來這裡的時候，一想到這就是那隻鯨魚，我就好興奮。真懷念啊。」

彌子姊只差沒用臉頰摩擦鯨魚。雖然還不到遺憾的地步，但她為了觸摸畫中的鯨魚而甩開我的手，令我有些惆悵。

「你聽過五十二赫茲鯨魚嗎？」

彌子姊一面撫摸鯨魚一面問道。

「沒聽過。」

「正如其名，就是發聲頻率為五十二赫茲的鯨魚。一般鯨魚的發聲頻率比五十二赫茲低上許多，而世界上只有一隻鯨魚是用這種頻率發聲，所以這隻鯨魚無法和其他鯨魚交流，因為其他鯨魚聽不見牠的聲音。五十二赫茲鯨魚是這個世界上最孤單的鯨魚。」

「為什麼會變成這樣？」

「不知道。不過，沒有人希望自己生而孤獨。」

彌子姊又繼續說明，那隻鯨魚總是獨自游泳，現在在各大海域依然會定期檢測到牠的叫聲。

「不過，人類聽得見牠的叫聲，所以牠在人類之間成了感傷的寓言故事。這樣想想，更覺得牠可憐了。」

「是嗎？如果我是那隻鯨魚，知道陸地上的人類聽得見我的聲音，應該會覺得很安慰吧。」

說著，彌子姊靜靜地閉上眼睛，彷彿在傾聽畫中鯨魚的聲音。

「看見這隻鯨魚的時候，我想起了這件事。搞不好這隻鯨魚是用只有我聽得見的頻率在叫呢。」

「頻率嗎……」

「欸，江都，如果是你，你會在這隻鯨魚旁邊畫什麼？」

這個問題之前也聽過，我自暴自棄地回答：

「我根本買不起油漆，那貴得要死。」

「那我換個說法。如果你獲得將近三億圓的錢，油漆任你使用，你會畫什麼？」

她似乎不太高興，故意換了個刁鑽的問法。加了這些設定，我無力招架，只能無奈地回答：

「……西洋跳棋盤。」

「畫在牆上又不能用。」

「有什麼關係？還可以當成西洋棋盤。」

「到時候記得把棋子也畫出來啊～」

說到這兒，彌子姊總算離開了鯨魚，順理成章地對我伸出手來。

「來。」

「幹嘛？」

「手。你不牽嗎？」

「沒理由牽啊。」

「也沒理由不牽啊。」

爭論之間，彌子姊硬是牽起我的手，邁開腳步。彌子姊的手依然又冷又硬，但是握得很牢。

我大可以甩開她。起先打算繞到正面以後就放手，後來改成到了門口再放手，如此這般，不知不覺間便走到病房，令我哭笑不得。不知何故，只不過是牽個手，感覺

起來卻萬分重要。

說來很蠢，我打從心底慶幸今天彌子姊忘記戴手套。我直到今天才知道，原來彌子姊的手如此冰冷。

這副德行的我當然也輸掉了西洋跳棋。彌子姊嘲笑我的弱小，而我今天同樣在尋找幾步之前的失誤。得意洋洋的彌子姊看起來好幸福，我甚至萌生「就算一輩子都贏不了她也無妨」的念頭，可見今天的事帶給我的衝擊有多大。

我竟然忘了。

我無法輸給彌子姊一輩子。

因為病魔正靜靜地侵蝕彌子姊，等待毀滅一切的日子到來。

▼83天前

隨著六月來臨，彌子姊的身體狀況逐漸惡化。這個季節的昂台特別多雨，彌子姊常哀嘆不能開窗，不過每當我來訪，她都會露出笑容——雖然在我出聲之前，她往往是一臉痛苦地抖著肩膀喘氣。

「雨天好討厭，這種時候黏合部位都會發疼。」

「什麼是黏合部位？」

「就是硬化部分和沒硬化部分的交界，感覺就像自己的皮肉黏在冰冷的石頭上一樣痛，不過撐過去就好了。我覺得自己不斷在改變，怎樣都無法適應。」

「妳會害怕嗎？」

「不會，因為我了解我的病情。」

聽了這句話，我只能暗自心驚。雖然從旁看不出來，不過彌子姊的身體時時刻刻都在變化。

「……江都，你不用擔心，沒事的。我在這裡也不是無所事事，有在復健，也有吃藥。唔，到了夏天以後，情況應該就會好轉。」

「真的嗎？有什麼醫學根據？」

「……瞧你老氣橫秋的。」

說著，彌子姊摸了摸我的頭。

「欸，住手啦。」

「你該擔心的是自己西洋跳棋還是弱到爆這一點吧？我們已經下了八十幾盤棋，你還是連贏棋的邊都搆不著。」

「我會努力在達到一百盤之前贏過妳。」

「我覺得你還有成長的空間啦。你老是過度揣測我的意圖，想得太複雜了。」

「我知道。等等，妳剛才趁著摸頭的時候拔了我的頭髮吧？太過分了。」

「打擾你們聊天，不好意思。」

循著聲音回頭一看，護理師仁村小姐就站在門口。她的頭髮是紮起來的，只有一撮瀏海垂下來，看起來宛若觸角。

「檢查時間到了。今天只剩下幾項而已，加油吧。」

「啊，已經這麼晚啦？外頭天色很暗，我沒發現。江都，今天就到此為止吧。」

「抱歉，江都同學，我把彌子小姐借走囉。」

仁村小姐推著空輪椅，露出為難的笑容。

仁村小姐是彌子姊認識最久的護理師，開始來訪以後，我也受到她許多關照。彌子姊似乎也對仁村小姐敞開了心房，每次仁村小姐來，她的表情都會變得柔和一些。

不過今天不一樣，彌子姊板著臉，目不轉睛地凝視仁村小姐。

「我的身體沒這麼差，可以自己走到實驗場。」

彌子姊故意尖酸刻薄地說道，並立刻站起來，跟在仁村小姐身後。

「拜拜，江都。」

「呃……」

「唔？」

「請加油……做檢查。」

我明明想說些更體貼的話，說出口的卻是這種平淡無趣的話語。

「別擔心。無論如何，我越來越接近了。」

「接近什麼？」

「正確答案。」

我還來不及詢問是什麼意思，彌子姊便離去了。

▽

像這樣走在夜路上，我總是忍不住思考我的正確答案是什麼。當時彌子姊心目中的正確答案和我並不相同。

我該深入思考那個正確答案是什麼，甚至應該直接詢問彌子姊。

我一面推著輪椅，一面確認從病房裡拿來的地圖。

自詡對昴台無所不知的彌子姊擁有的這份地圖其實很小，只印了昴台的全景與山地另一頭的少許部分。

看了這張地圖，便知道昴台有多小，以及位於其中的療養院有多小。

確認過方向以後，我決定沿著道路前進。

坡道越來越陡。

更糟糕的是，前方出現建築物標記。

前頭住了人——或許會發現我的輪椅上坐著誰的人。

▼74天前

漫長的梅雨季節。

這個時期發生一件對於我和彌子姊而言至關重大的事。

我居然忘得一乾二淨——位於我們生活中心的並不是西洋跳棋，而是多發性金化肌纖維發育異常症這種不治之症。

這時候我們已經變得很要好，對於彼此也相當了解。我知道彌子姊不敢吃小黃瓜，也知道她為何對歷史感興趣，甚至連她的棋路和喜好的戰法也都知道。

病魔絲毫不顧這些日積月累的成果，一手將我們努力建立的日常生活化為泡影。

那一天，我比平時更早來訪。由於連日下雨，破舊的分校校舍出現孔洞，教職員全體出動修繕校舍，想當然耳，當天因此停課了。

分校時常發生這種狀況，這應該也是與外地學校的不同之處吧。靠著修修補補勉強維持的昴台分校需要喘息的時間。

包含晴充在內，較有幹勁的學生都趁著這個機會去拉贊助。在那之後，願意刊登廣告的店家逐漸增加，但是離目標還有點差距；再加上晴充不只要達標，更要超標，所以拉贊助活動短時間內應該還不會結束。至於手冊組的我，則是之後才有用武之地。

我一如平時前往療養院。這是我第一次在上午造訪療養院，還特地從家裡偷偷帶了麵包來。

向櫃檯打過招呼以後，我才想到是否該事先通知彌子姊比較好。『彌子姊，我今天不用上課，所以就跑來了。』打完這些字以後，我又刪掉。我沒那麼可愛，模仿不了樹林間的彌子姊。

來到彌子姊的病房前，我不禁深深感謝沒有事先傳訊通知的自己。

一陣殺豬般的慘叫聲傳入耳中。

『不要！不要！我絕對不要！死都不要！』

是彌子姊的聲音。

『你騙人！檢查結果、檢查結果明明不壞啊！』

與平時截然不同的尖叫聲之後，傳來的是小孩般的嚎啕大哭聲。我無法將自己所知的彌子姊和這種爆炸性的哭聲聯結在一起。周圍的護理師忙著安撫哭得驚天動地的彌子姊。從啪噠啪噠的聲響判斷，瘦成皮包骨的彌子姊或許正在捶胸頓足吧。

光是如此，就讓我心慌意亂，雙腳發抖，呼吸變得急促起來。為了避免被彌子姊察覺，我屏住呼吸，而彌子姊悲痛的聲音隨即響起。

『我不想把腳切掉……』

她的聲音充滿哀傷，我聽了不禁倒抽一口氣。

『這麼做根本沒有意義！混帳，與其截肢，不如把我殺了，不如快點把我殺掉算了……』

十枝醫生也在病房裡，說明若是不採取對策，硬化會擴散得比預測的快上許多；如果動手術，便能暫時遏止硬化。

在外頭偷聽的我覺得十枝醫生說得有道理。我的腦袋畢竟還是冷靜的，知道動手術至少好過死亡，可是彌子姊的憤怒與悲傷並不是光靠講理就能平復。

『……啊，我懂了！我的腳被砍下來以後，異變就會集中在這隻腳上！切除的部位等於遺體，這幾十公分是剖析這種疾病的第一步，對吧！你們只是想快點拿到檢體而已，對吧！』

我知道這不是彌子姊的真心話。十枝醫生不是這種人，彌子姊應該最清楚。

不過，彌子姊只能用這種方式表達她的痛苦。已經走投無路，才會對一直以來為自己盡心盡力的人說出這麼殘酷無情的話語——她一定很想如此放聲吶喊。

周圍的人都沒有責備彌子姊。有誰能夠責備她呢？彌子姊的怒罵聲在無人反擊的狀況下變得越來越微小、越來越虛弱，逐漸輸給她自己的啜泣聲。

『值多少錢？』

就在這時候，彌子姊用細若蚊蚋卻清楚分明的聲音問道。

『值多少錢？』

彌子姊又問了一次。明明隔著一面牆，我卻有種幻覺，像是看到淚眼汪汪地瞪著我的彌子姊。

『一隻右腳應該值四千萬圓以上吧。』

十枝醫生如此說道，彌子姊歇斯底里的呻吟聲終於化成細微的啜泣聲。我察覺她是安了心，胃液立即湧上來。

及時支撐彌子姊的精神免於崩潰的，只有自己的身體具備不容質疑的價值這個事實。

單純的喪失能夠輕易地侵蝕人心。「必須截肢」這個無可挽救的悲劇與四千萬圓捆綁在一起，讓彌子姊稍微得到慰藉。一想到繩子的另一頭是我，我就忍不住打顫。

為了避免發出腳步聲，我特地脫下拖鞋，趁著還沒有人出來的時候跑過走廊，卻絆著了腳，狠狠摔一跤。骨頭和地板撞擊，無情的痛楚直擊腦門。

「你沒事吧？江都同學。」

見狀，櫃檯人員從側門走出來。我抓著他的手，急切地說道：

「請您千萬別把我今天來過的事說出去，拜託，求求您千萬別告訴都村小姐。」

看見我駭人的表情，櫃檯人員有些吃驚地點頭，我則立刻衝出療養院。

我不該偷聽的，不該知道的。

彌子姊一直懷抱著如此激烈的感情，可是，隔著棋盤對坐的彌子姊卻像是將所有悲劇都拋諸腦後般笑著。

知道這件事以後，我再也無法用原先的目光看待彌子姊。

▼73天前

「我的右腳要截肢了。」

該說果不其然？還是如我所料？隔天，彌子姊劈頭就是這句話，而且一如平時，是用若無其事的語氣說出口。

「醫生說，右腳趾的硬化比想像中更快，已經開始發生肌肉硬化和骨骼變質的現象，如果把這部分切除，或許可以遏止硬化繼續擴散。所以就某種意義而言，這是個好消息。」

說著，彌子姊哈哈大笑。

如果沒有昨天的事，我大概會被她騙過去吧。雖然還是會大受打擊，但是我應該會相信彌子姊接受了這一切。

畢竟彌子姊的演技十分高明，而我又很想相信這類謊言。

「偷偷告訴你，如果把右腳這個主要病灶切除，或許硬化就會停止。實際上，之前有個在這裡住院的病患截肢以後，半年都沒有發生硬化。把惡化的部位切除，說不定就會好起來。」

我無言以對。這確實是個好消息，不過，在這所療養院裡住院的病患只有彌子姊一人，而出院的金塊病患者則是連一人也沒有。從這兩個事實導出的結論為何，我不認為彌子姊不知道。

因此才有昨天聽見的那種充滿憤怒與辛酸的叫聲。

「這的確……是個好消息。動手術以後，說不定就會好起來，對吧？」

「嗯，是啊。即使要坐輪椅，也有你幫我推。再說，死豬不怕開水燙，在這時賭上一把，不管結果如何，都是我贏。」

彌子姊不說喪氣話。

我衷心感謝上天讓我在彌子姊截肢前經過那個地方。彌子姊當時叫住了我，也是種難能可貴的幸運。我的情緒因為這個事實變得更加低落了。彌子姊逐漸失去可能性，讓我好害怕。

「要是我好起來，就不能改變你的世界。」

「反正我還沒用西洋跳棋打敗妳，意思也一樣。」

「啊，對喔。我也可能成為不敗的王者馬里恩・汀斯雷。」

我怕要是不這麼提醒，彌子姊就會忘了這個前提。彌子姊絕不會輸。贏不了彌子姊，我就拿不到三億圓。無論彌子姊康復或病死，都和沒能用西洋跳棋打敗她的我無關。

「那就來下棋吧。今天我一樣不會輸。」

又是一如平時的發展。擺好棋盤，擺好棋子。

彌子姊今天同樣運棋如神，總是能夠預測出我的後三步棋。即使情緒曾經失控，她依然是滴水不漏。

「咦？江都，你今天還不賴嘛。」

彌子姊有點意外地對著阻止她成王的我說道。

「都下了這麼多盤棋，失誤當然會減少。」

「……你進步了。嗯，很好，這才是人類。」

我無法附和，因為每吐一口氣，淚腺就鬆弛下來。

要是哭了，一切就結束了。眼前的彌子姊都忍住了，若是我哭出來，就枉費她的努力。我咬緊牙關，幾乎快把臼齒咬斷，然後，我的棋子頭一次抵達棋盤底端——成王的位置。

「哦……」

彌子姊似乎也為我的進軍感到驚訝，微微地叫道。今天彌子姊的攻勢出現空隙，我穿梭於彌子姊的棋子大軍之間，與她短兵相接。

「……成王了，把吃掉的棋子放上去。」

彌子姊指著被我吃掉的紅色棋子。聽見這句話，我才回過神來。

「啊，嗯，呃，對喔。」

「江都，棋子……怎麼了？又不是成王就贏了。」

「我、我知道。」

最糟糕的是，我拿起的紅棋飛過半空中，掉到地板上。鏗！棋子發出清脆的聲音，而追逐棋子的我也跟著摔下地板。慘烈的連鎖反應。不但一點也不好笑，我還撞到了心窩。我痛得發不出聲音，彌子姊則是輕輕地拿起棋子。

「你在搞什麼鬼啊？有夠蠢的。」

我忍著疼痛重新坐好，只見我的棋子上放著彌子姊的紅色棋子。

「到達底線、背起棋子便是王。」

彌子姊瞇起眼睛說道：

「你終於走到這一步啦，江都。」

「王……可以做什麼？」

「哎呀，你看過我的王是怎麼移動的吧？可以往前進，也可以往後退，愛去哪裡就去哪裡。」

「愛去哪裡……」

背著彌子姊棋子的我的王，就在距離彌子姊最近的地方。背著紅棋的黑棋和彌子姊的王相比，看起來弱小許多。不過，這個王可以背著彌子姊的棋子到達西洋跳棋盤上的任何地方。

我好羨慕它。

如果我也可以像它那樣背負彌子姊的痛苦，該有多好？我痛切地想道。

「……對不起，彌子姊。」

「什麼？怎麼了？」

「我有點想吐，去一下廁所。」

「咦？等等，把盤面記起來！」

這不是因為我快在彌子姊面前哭出來了，而是因為我剛才撞到心窩。我跑進廁所大吐特吐，將其他東西代替眼淚嘔吐出來。

漱完口回來以後，我的攻勢便結束了，又一如往常地進入敗戰路線。勝利的種子彷彿跟著嘔吐物一起沖掉了。

不過，我也因此明白一件事。

「你成王的時候，我捏了把冷汗呢。怎麼樣，要再來一盤嗎？」

「……好。」

就是我深深愛上了彌子姊。

月野同學手一滑，在看板上製造出一大片的紅色汙漬。掉落的刷子彈了起來，紅色油漆濺到我身上。月野同學露出驚恐的表情，沒有尖叫，而是短短地喊了句：「對不起！江都同學！」

「沒關係，沒沾到多少。」

反正只是件皺巴巴的運動服，不用放在心上。可是，月野同學卻一副不知所措的樣子，撿起刷子說道：「怎麼辦……全都報銷了。」

月野同學的刷子掉在預定放在操場的巨大貓咪看板上，可憐的貓咪被紅色油漆毀掉了前腳。

「本來畫得那麼漂亮，怎麼辦？」

月野同學用泫然欲泣的聲音說道。在講台旁邊工作的晴充似乎察覺到氣氛不對勁，走了過來。

「哎呀，搞什麼？是說妳也不用露出那種活像世界末日到來似的表情，等油漆乾了以後再補畫就好。對吧？江都。」

「嗯，應該沒問題。先塗貓咪後面的太陽好了，到時候紅色油漆就乾了。」

「可是，這部分和其他地方一定會不一樣，救不回來了。」

我從還在嘀咕的月野同學手上不著痕跡地拿回刷子，替只有輪廓線的太陽上色。補畫過後的貓咪和原來的貓咪應該是大同小異吧，不過，在月野同學心中，大概永遠都是「原來的比較好」，因為失去的總是比較有魅力。世上確實存在這種型態的眷戀。

而這個事實化為劇毒侵蝕著我。

在彌子姊動手術的日子到來之前，我一直坐立難安。察覺自己喜歡彌子姊以後，這種情況變得更加嚴重。然而，我不能對彌子姊表明心意。

如果我向彌子姊表白，她會有什麼反應？或許會不當一回事，或許會揶揄我「小孩子別亂說話」。要是她這麼說，我真的會一蹶不振。

雖然手術在即，彌子姊卻是一派鎮定，依然以用西洋跳棋痛宰我為樂。在那之後，我連成王都有困難；如果想強行成王，往往會被包圍。最好的戰績是和局。

雙方棋子連一步也不能動的膠著狀態，根據彌子姊所言，這種情況不是西洋跳棋獨有，西洋棋和將棋也會發生。她說這叫做千日手。

「終於到了這一天。」

「這種情況很常見嗎？」

「其實滿常見的，只是你和我的實力相差太多，一直沒發生而已。」

聽了這句話，我暗自失望。彌子姊倒是一臉開心。

「很遺憾，我剩下的日子不到千日了。重下吧。」

無路可走的盤面，宛若象徵我和彌子姊的狀況。膠著狀態的千日手。千日之後，彌子姊就不在了。

不知如何是好的我，只好就近找人商量。

我逮住在一樓閒晃的十枝醫生，將他拉進附近的房間裡。然而，十枝醫生聽了我的話之後，只是頻頻皺眉，並啼笑皆非地說道：

「不要突然拿這種風花雪月的事來問我。」

「什麼叫風花雪月的事……我只是來問問，呃，彌子姊是怎麼看待我的？」

「要是我說她把你當成弟弟看待，你又會大呼小叫吧？」

「大呼小叫倒是不至於……呃，我一直在想，為什麼彌子姊要把財產留給我？」

「我怎麼知道？她也只跟我說要讓江都繼承而已。」

「連十枝醫生也不知道啊。」

「說不定只是因為你碰巧出現在那裡。」

「……這麼講有點傷人耶。」

「有什麼關係？你是唯一出現在那裡的人啊。」

經他這麼一說，或許我該感謝那天的巧遇。就算換成任何人都行，我還是很慶幸那個人是我。彌子姊都把自己託付給西洋跳棋了，當然也可能將一切賭在剎那的命運之上。

「話說回來，你真是人小鬼大啊。居然真的愛上都村小姐，不出我所料。」

「……有什麼辦法？」

「哦，你不否認啊？」

「如果能否認就好了。」

「是啊。」

十枝醫生的語氣活像在感嘆天氣有多糟。

「就我個人的看法，我不建議你愛上金塊病患者。」

「……因為彌子姊總有一天會死嗎？」

「這也是一個理由。」

那「其他理由」是什麼？疑惑隨之浮現，而解答也隨之浮現。

「……呃，十枝醫生。」

「什麼事？」

「有人說金塊病是吞噬價值的疾病，如果喜歡上金塊病的患者，就必須不斷證明……證明自己喜歡的是那個人。」

「哦，而不是三億圓？」

「說得真露骨。」

「不過，在這種情況下，三億圓就等於都村小姐。」
十枝醫生一本正經地說道。
「這就是醫生不建議的理由？」
「這也是一個理由。」
十枝醫生用不同於剛才的語氣說道。
「那有沒有方法可以證明？只要能證明，我就可以繼續喜歡彌子姊嗎？」
「等等、等等。欸，感情是無法證明的。不管是愛情、親情還是算計，都是看不見的。」
「不然要怎麼辦？」
「每個人都是活在這種限制之下。」
十枝醫生豁達地說道。可是，對於罹患金塊病的彌子姊而言，這種常理應該不適用吧？
「不過，哎，就算痛苦，愛上了也沒辦法。這種事旁人再怎麼勸阻也沒用，乾脆讓都村小姐甩了你比較快。」

「您果然覺得我會被拒絕嗎？」

「啊，越來越麻煩了。」

十枝醫生擺了擺手，宣告放棄治療。

我對著示意我回去的十枝醫生說：「還有一件事。」我並不是為了聊戀愛話題而叫住醫生的。

我輕輕吐了口氣說道：

「關於彌子姊的手術，可以請教您幾個問題嗎？」

十枝醫生露出明顯的遲疑之色反問：

「都村小姐是怎麼跟你說的？」

「她只說右腳開始硬化了，所以要截肢。」

「哎，簡單說，是這樣沒錯。」

「截肢以後，彌子姊就會好起來嗎？」

「不知道。唯一知道的是，如果放任其硬化下去，她必死無疑。」

我早就知道了，卻有種打從心底發涼的感覺。

「這種疾病沒有明確的治療方法。當然，我們隨時都在試驗政府許可的新藥，也在都村小姐的協助下努力研究這種疾病，說不定透過這次的截肢延緩惡化，而這些治療又奏效的話，都村小姐就能好起來。」

「……是啊。」

「你要聽聽今後的展望嗎？」

十枝醫生特意詢問，大概是顧慮我的感受吧。不過，都到了這個關頭，我當然不能打退堂鼓。

「好的。」

「依照這個硬化速度判斷，都村小姐大概活不過三個月。」

我倒抽一口氣，但是視線依然沒有移開，靜待十枝醫生的下一句話。

「死於這種疾病的人，不見得是因為全身硬化而死，通常是因為致命部位發生硬化，就像血栓那樣。」

說著，十枝醫生抽出手邊的某張斷層掃描圖，並指著圖繼續說道：

「上半身出現硬化的時候最恐怖。說歸說，這種疾病的案例本來就很少。頸部以

上……不，只要胸部以上發生硬化，就會非常危險。發生硬化有致命之虞的部位主要是肺部、頸部、腦部和心臟，這些部位無法動手術摘除，而且通常在硬化出現時就已經沒救了。」

「彌子姊還沒有這種徵兆嗎？」

「她的右臂有些許硬化，但是目前還沒出現這類徵兆。不過，以後會怎麼變化就很難說了。」

「您說的三個月是指……」

「進入截肢階段以後，上半身發生硬化只是時間的問題。三個月，嗯，頂多三個月。」

十枝醫生說得直接了當，一點也不委婉。不過，現在的我反而感激他的坦白。

「如何？這樣你還是害怕被甩嗎？」

「當然啊。」

「說得也是。換作是我，應該也會害怕吧。」

十枝醫生笑了，一副事不關己的態度。

我將視線轉向病房的月曆。根據那從未出過差錯的行程表，彌子姊會在夏天結束時死去。

我邊思考生命的有效期限邊踏上歸途，回到家中一看，發現家裡活像地獄。

屋裡所有物品都被破壞殆盡，能推倒的東西全推倒了，能砸破的東西全砸破了。會做這種事的只有一個人。

北上叔叔無力地坐在桌邊。他一臉憔悴地看了我一眼，過一會兒才發出疲憊不堪的聲音：

「……她不在，不知道去哪裡。等她氣消了以後，應該就會回來……」

雖然我不知道發生什麼事，但是猜得出是媽媽在鬧脾氣，而且導火線大概是北上叔叔。

北上叔叔和媽媽偶爾會發生爭執，原因是什麼我不清楚。北上叔叔唯一的私人物品——書架也被推倒在地，可見這次的爭執有多麼激烈。

這種時候，如果我在場，就會成為緩衝，情況不至於變得這麼糟，但不巧的是我

不在場。

封閉於山中的昴台，封閉於昴台的狹小房屋，封閉於狹小房屋裡的我和北上叔叔。無處可去的我們，只能蜷縮在凌亂不堪的屋裡。北上叔叔對著不好意思上二樓的我虛弱地笑了。

「……你去找那個女孩子嗎？」

「呃……對。」

「這樣啊。」

說著，北上叔叔緩緩地站起來，拿出某樣東西。那是個顏色介於大海與藍天之間的藏青色手機殼。

「……我早就想拿給你，一直拖到現在，抱歉。沒有手機殼很不方便吧？」

「啊，呃……我一直提心吊膽的，就怕不小心摔到手機……謝謝。」

「別讓江美子知道。」

北上叔叔用比上次憔悴許多的聲音說道。他的聲音已經不再讓我聯想起從前的北上叔叔。

「……謝謝……」

「那個女孩對你很重要嗎？」

北上叔叔一面把手機殼塞給我，一面詢問。

「……很重要。」

「是嗎？嗯。」

北上叔叔點了兩、三次頭以後，喃喃說道：

「江美子對我也很重要，不過，或許已經沒有讓她理解這一點的方法。」

我和十枝醫生也談過這個話題。

「所以我希望你好好珍惜那個女孩。雖然我沒資格說這種話就是了。」

「沒這回事。我……很感謝北上叔叔。」

北上叔叔來到昴台，而且努力振興昴台。光是如此，我就很感謝他。

扶起倒地的書架之後，迎接我的是散落一地的書本。掉在地上的每一本書我都看過，因為是北上叔叔推薦的。

我拿起其中一本書。黑色封面的赫爾曼・梅爾維爾作品。這麼一提，我很喜歡這

個故事。

▽

遠遠地看見光線時，我猶豫著是否該逃走。不過，就算在這裡折返，光線的主人還是看得見試圖逃走的我，既然如此，不如多趕一點路。

我拉起圍巾，遮住彌子姊的臉。

光線的來源是某個老人手上的手電筒。脖子上圍著毛巾的六十來歲男人，毫不客氣地以手電筒照射我們，並毫不客氣地追問：

「大半夜的，你在幹什麼？」

彼此彼此——我把這句話硬生生地吞下去，擠出笑容。

「……我在等爸媽的車，可是錯過了。前面的路上有車站，我們約好在那裡會合。」

「哦。」

彷彿在試探我一般的聲音。手電筒照著我，接著又照向彌子姊膝蓋上的毛毯。老人察覺了奇妙的空白，說道：

「腳有毛病啊？」

「對……出車禍，截肢了。」

「這孩子不要緊吧？看起來好像很不舒服。」

我用力握住輪椅的握把。要是這個人拿掉遮住彌子姊的圍巾，或是窺探彌子姊的臉龐，一切就完了，他一定會察覺事情不對勁。

我強自鎮定，小聲說道：

「她好像很累，睡著了。我不想吵醒她。」

「嗯，這樣啊。」

「對不起，我該走了，不然又會錯過……」

說完，我推著輪椅邁開腳步。手電筒的光線依舊照射著我們，模模糊糊地照亮前方的道路。

別追來，別發現彌子姊。我一面祈禱，一面推動輪椅，此時，輪椅上的彌子姊晃

動一下，蓋著頭的毛毯啪一聲掉到地上。

在我伸手撿拾的瞬間，一道聲音傳來。

「那邊是死路，車子開不進來。」

我裝作沒聽見，推著輪椅，用比剛才更快的速度邁開腳步，把毛毯留在原地。

我不敢回頭。不知不覺間，周圍變得更加荒涼。失去毛毯的彌子姊，臉色蒼白地垂著頭。

看著睫毛微微顫抖的彌子姊那張猶如耗盡所有生命力的面孔，我有種呼吸困難的感覺。

這是自那時候以來，我頭一次有這種感覺。

▼64天前

彌子姊動右腳截肢手術的時候。

當時，我整整一個星期沒去探望她。

並不是彌子姊刻意疏遠我，單純是因為手術前諸事繁忙。各種檢查就不用說了，還有許多必須在手術前進行的醫療處置。

我想起十枝醫生曾說「努力不讓這種事發生」。正如他所言，這座設施是為了讓彌子姊活下來而運作的。

相較之下，我只能祈禱。勤跑彌子姊病房的生活突然變成無事可做，但若要提早回家又顯得不自然，左思右想之後，我決定留在分校消磨時間。

我拿著彌子姊借給我的全新棋盤和黑白棋子下單人西洋跳棋，一面回憶在那個滿布傷痕的棋盤上所下的棋局，一面思考當時該怎麼走才對。有時候明明大有可為，卻老是棋差一著。彌子姊移動棋子的理由，我往往要等到六步以後才能理解。彌子姊在棋盤上總是算無遺策，為何我做不到？

每當回想棋步，我就會想起當時的彌子姊。下這步棋時的彌子姊看起來很快樂，下那步棋時的彌子姊正在鬧脾氣。空無一人的棋盤彼端，有著彌子姊的影子。

下到後來，我索性趴到棋盤上。這麼做怎麼會變強？根本只是在追憶而已。我的每一步棋都帶有都村彌子的氣息。

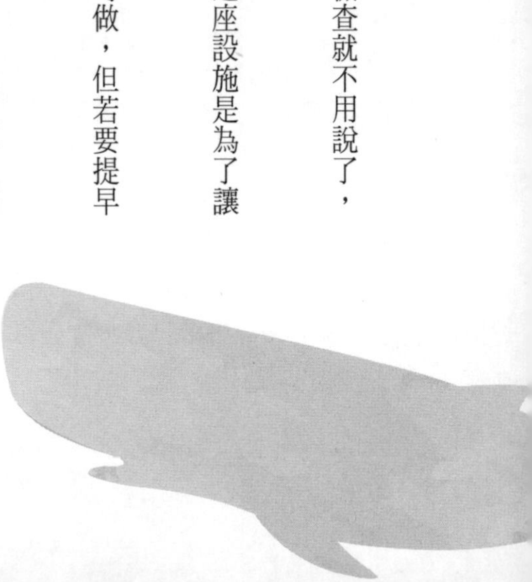

好想快點和彌子姊下棋。動手術明明是件很可怕的事，我卻滿腦子都是這個念頭。

當時，我是這麼想的：如果彌子姊不在了，我就必須永遠過這種放學後生活。

彌子姊的手術順利結束了。

接獲這個消息，是在晚上十一點半過後。雖然手術時間比預定長了許多，但是彌子姊狀態穩定，沒有生命危險。聽到這番話的瞬間，我立刻溜出家門，前往療養院。

「現在不是國中生可以來的時間。」

仁村小姐說得有理，但是我不能就此打退堂鼓。

「拜託通融一下。她醒來的時候，有人陪在身邊比較好。」

「是啊，我也覺得她醒來的時候，有你陪在身邊比較好。」

仁村小姐嘆道，隨即放行了。

睡著的彌子姊肌膚白皙透亮，雖然微弱但確實在呼吸。

棉被該鼓起的部分並沒有鼓起。我的後腦杓逐漸發熱，呼吸也變得急促起來。

不過，她還活著。彌子姊還活生生地躺在這裡。

這時候，我深切地想道：我喜歡彌子姊，可是，我不知道該如何表達。就算向她表白，我們也沒有未來。我要如何向無法想像數年後的彌子姊證明我的愛？又或許該說，我要如何向價值三億圓的彌子姊證明我的愛？

我是個軟弱無力的國中生，這個事實令我更加悲哀。多希望能早一點認識彌子姊，和仍在研讀史學時的彌子姊相識、談天說地。

就在我逐一刪去數不清的如果之際，窗外的天色漸漸亮起來。

「……江都……」

此時，彌子姊用虛弱的聲音呼喚我。

躺在床上的彌子姊凝視著我，我立刻奔向她身邊，握住她的手。好冰冷。我不知道能不能觸摸剛動完手術的人，不知道正確的陪伴方式是什麼，只能杵在原地。

不過，躺在床上的彌子姊輕輕一笑，消除我所有的緊張。

「彌子姊、彌子姊。」

我像個小孩呼喚彌子姊的名字。明明有許多想說的話，卻一句也說不出來，只能

握住彌子姊的手。雖然冰冷，卻還有生命。

「辛苦了。彌子姊，妳真的……很厲害……」

「……啊，江都，你可不可以留在這裡陪我……這裡好冷，我好渴……需要有人陪我聊天……」

彌子姊用虛弱的聲音說道。她看起來很痛苦，但是手術完後，在麻醉完全消退之前，她不能喝水。看著彌子姊微微開闔的嘴唇如此乾燥，我好心疼。為了避免被她察覺我的動搖，我用堅定的語氣說道：

「別擔心，在妳睡著之前，我都會待在這裡。」

「……是嗎……」

說著，彌子姊閉上眼睛。我原本以為她要睡覺，但她乾燥的嘴唇又繼續吐出了話語。

「……你知道純金的價格為什麼居高不下嗎？」

「……因為絕對量很少？」

「……發生內戰或國際紛爭、世界的治安變差的時候，就會有人收購純金。」

彌子姊用夢囈般的聲音滔滔不絕地說道，或許是因為剛動完手術，意識不清的緣故。這麼說來，這是彌子姊下意識想談論的問題嗎？

「……因為大家都相信金塊的價值不會下降，所以世界一動盪，就會把錢換成金子……大家都在世界的某處做著相同的事……」

彌子姊用嘶啞的嗓音說道：

「……所以，讓金塊變便宜的條件，是全世界互助合作，消除紛爭。某個經濟學者說過，只要世界和平沒實現，金子的價格就不會暴跌。」

「這樣啊。」

「……但金子卻會殺了我。」

我不知道彌子姊是懷著什麼心情說出這番話，只能默默聆聽，拚命握住她那沒有半點力氣的手。

「江都，我跟你說一個右臂截肢以後，半年內都沒有發生硬化的人的故事。」

「好。」

我好想逃之夭夭，不想聽這種故事。不過，彌子姊大概無法繼續將這件事藏在心

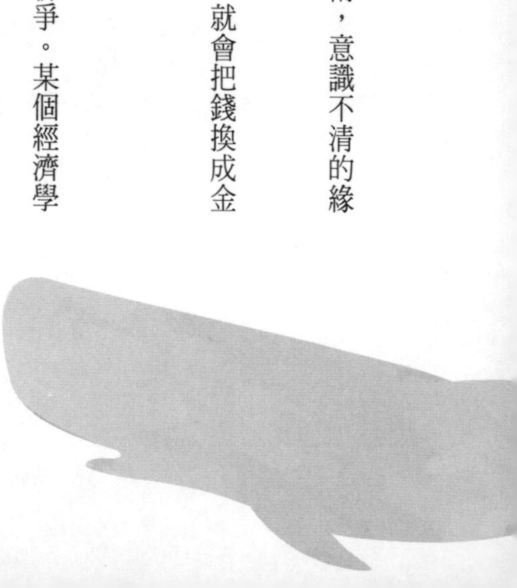

底了吧。在這個病房裡，能夠傾聽彌子姊說話的只有我一人。

「……過了半年又兩天後，那個人的右眼底部發生硬化，沒幾天就死了。」

我就知道，因為這所療養院裡只有彌子姊一個病人。

不能放棄彌子姊是奇蹟第一人的可能性。不過，我太軟弱了，無法堅定地相信這種可能性。

我一直握著彌子姊的手，不知不覺間，連我都枕著病床睡著了，但我的手始終沒有放開彌子姊的手。

到了早上，我才揉著惺忪的睡眼回家。從後門悄悄回到房裡以後，我怎麼也睡不著。彌子姊現在在做什麼？想著想著，上學時間到了。在這種狀態下，我當然無法專心上課。

兩天後，我又去了彌子姊的病房一趟。

我纏著仁村小姐詢問病情，聽她說彌子姊在等我才進了病房。我心急成這副德行，卻連則簡訊都不敢傳給彌子姊本人。

打開熟悉的拉門，迎接我的是初夏的耀眼陽光。窗簾全都拉開，病床上的彌子姊沐浴在窗外吹來的和風之下，把臉轉向我。

「我等好久了。來，開始吧。」

彌子姊把西洋跳棋盤擺到床邊桌上，如此笑道。

這就夠了，這就是一切。

「……話說在前頭，我做了很多功課，這次應該可以贏過妳。」

「聽你這麼一說，我好期待喔。」

「敬請期待。彌子姊是馬里恩·汀斯雷吧？」

事實上，我想出了幾個可以打成和局的方法。就算不知道接下來該怎麼贏，至少不至於輸掉。十枝醫生也說過，西洋跳棋最重要的就是別輸，若他說得沒錯，這一定就是致勝之道。

「呃，在開始下棋之前，可以先做一件事嗎？」

「什麼事？」

「這話聽起來或許很奇怪……你可不可以看看我的腳？」

彌子姊指著剛截肢的右腳。大腿底下空無一物，是彌子姊奮戰的痕跡。

「我只想給你一個人看，只希望你一個人看。」

「……」

「看起來其實不像傷口，因為這部分早就硬化了，被變質的骨骼組織覆蓋著。當然，這不是看了會讓人心情愉快的東西，所以我不勉強你……」

「我想看……請讓我看吧。」

我立刻說道。瞬間，彌子姊露出安心的表情，並緩緩捲起住院服的褲管。

「這就是我的病。」

彌子姊的右腳斷面並不是我想像的金色，而是宛若散發著微光的水晶。光看這部分，活像彌子姊被寶石寄生一樣，讓我覺得好可怕。彌子姊似乎察覺了我的心思，搶先說道：「很漂亮吧？只要加熱到一定溫度以上，就會變成你認識的金子。現在看起來像鹽的結晶就是了。」

「我覺得看起來像水晶。」

「啊，真的？討厭，這樣活像我是個貪吃鬼……欸，你想不想摸摸看？」

「不會痛嗎？」

「不會，這已經是我的一部分了。」

我用手指撫摸粗糙的表面，感受到細微的凸起。斷面沐浴在外頭射入的光線中，靜靜地散發光芒。堅硬的斷面實在不像是人體的觸感，但這依然是彌子姊。

「……我的身體被政府當作檢體收走了。不管再怎麼研究，畢竟成分和真正的金子一樣，搞不好會被拿去賣掉呢。哈哈！」

被我摸著斷面的彌子姊如此說道，輕輕地笑了。

若說金子是從浩瀚宇宙而來的星球殘骸，那麼附在彌子姊身上的，是何等寂寞的物事啊。

「彌子姊，我有一種想法。」

「什麼想法？」

「……或許這是種進化。」

「進化？」

彌子姊重複這個字眼，發音像在說異國的語言。

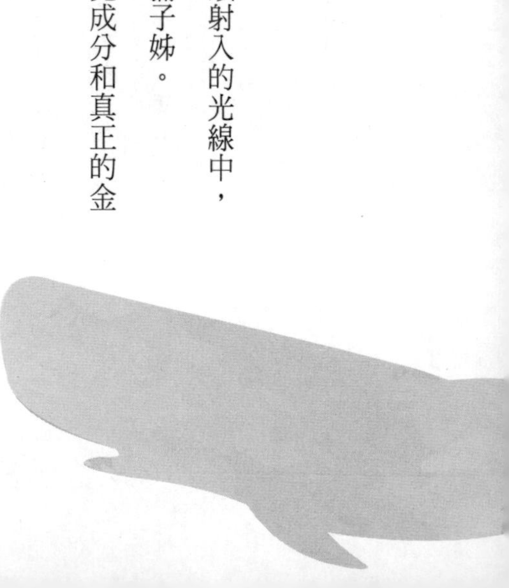

「人死了以後化成灰太過感傷，所以要變成更好的東西。」

「哎，灰和金子相比，有用性確實不一樣。原來如此，進化啊？」

「一定是的。」

包含彌子姊的份在內，我擺好了二十四枚棋子。

一定是有什麼地方出了錯。化為灰燼、被塞進小盒子裡的我們才是錯的。彌子姊萬分抗拒，為此哭鬧不休的手術痕跡居然如此美麗，我無法容忍這個事實。

「欸！」

「幹嘛？」

「你哭成那樣，看不見棋盤吧？」

彌子姊說得一點也沒錯，但是我止不住淚水。無路可走的棋子受到淚水爆擊，微微地震動。我說了句「對不起」，聲音含糊不清，一切都糟透了。

「唉，真是的。」

彌子姊說道，抱過我的頭，將我擁入懷中。彌子姊的手臂和肩膀都帶有一股靜謐的冰冷。

「我的身體還是人類。」

「是啊，還活生生的。」

還活生生的，而且還是人類，所以彌子姊會繼續變質。

隔著西洋跳棋盤，我只是一味哭泣。

▼53天前

不久後，彌子姊左腳踝以下的部分也決定要切除了。據說硬化現象容易發生在常用的肌肉上，因此就某種意義而言，早在右腳截肢時就可以預見這種情況。

彌子姊這次並未失控，乖乖地接受手術。她雖然哭了一會兒，但是和我那天聽到的哭法不一樣。

或許彌子姊是為了我而哭泣。因為彌子姊哭的時候，我也可以一起哭。

這次彌子姊沒說或許會好起來了。

縱使未來沒有明確的希望，彌子姊也接受了自己的命運。雖然表面上，她比第一次截肢時更加慌亂涕泣，但她其實懷有某種平靜的覺悟。

無論失去多少事物，彌子姊依然努力活下去，就像失去其他棋子以後依然朝著底線奮勇向前的兵士一般，朝著生存之路邁進。

我一直陪在這樣的彌子姊身旁。這次就算是檢查的日子，我也會待在病房。我在沒有彌子姊的病房替棋盤擺上棋子，和自己下西洋跳棋，輕而易舉達成千日手。

必須準備分校祭的日子，我照常前往病房。即使能夠相處的時間不到三十分鐘也無妨，現在的我只想多陪伴彌子姊。雖然我曾經因此被關在家門外，但是無所謂，只要等媽媽睡著以後從二樓窗戶爬進房間裡就好。

「江都，你沒有勉強自己吧？」

彌子姊如此規勸我，不過我完全不勉強。對我來說，和彌子姊分開，才是最難以忍受的事。

「一點也不勉強。再說，我還沒贏過妳。」

這句老套的話語像是我們專屬的暗號，只要說出這句話，我們就會把其他事全部抛諸腦後，坐到棋盤前。幸好有西洋跳棋。隔著這個棋盤，要做的事只有對弈而已。

「……我也好想去參加分校祭喔。」

「妳要來嗎？我可以帶妳去。」

「不巧的是那一天有檢查。不過，你們要放煙火吧？從這裡應該看得到。」

聽了這句話，我有些心痛。我想起晴充說他已經向彌子姊徵得放煙火許可的事。

現在回想起來，那只是愚蠢的嫉妒。雖然愚蠢，但我至今仍有點不是滋味。

「啊，剛才那步棋下錯囉。你在想什麼？」

「想妳。」

「嘴巴真甜。」

「我還沒輸，別說那種話來動搖我。」

「你不好奇我是怎麼知道要放煙火的嗎？」

「我已經知道理由了，晴充說他來徵求過許可。」

「嗯，十枝醫生跟我說的。我也想看煙火，所以一口就答應了。」

「咦？他是透過十枝醫生問的嗎？」

「是啊。」

彌子姊若無其事地說道，表情活像是惡作劇成功的小孩……上當了。最難堪的心思被人識破，我不禁尷尬地撇開視線。

「很遺憾，我沒見過晴充同學。來這裡的無論是以前或今後，都只有你一個人。我才不會隨便放其他人進來呢。」

「……是嗎？」

「這樣你安心了沒？欸，安心了沒？」

「我真的要回去囉！」

「不用擔心，你是我的唯一。」

這句話將我的思緒清空了。我把根本不想移動的棋子往前移，並望著彌子姊。

「……啊，這句話是失言。」

彌子姊臉上的淘氣笑容消失了，又或者該說根本看不見她的臉，因為她用雙手摀著臉龐，仰望天空。

「呃，彌子姊。」

「現在別說話。」

「啊，是。」

「啊……真是的……」

看著發出呻吟的彌子姊，我衷心感謝分校祭的煙火。

如此這般，彌子姊按照計畫，切除了左腳踝以下的部分。這是個簡單的手術，只是將惡化的部位切割分離而已。這下子，彌子姊便可以暫時逃離被將軍的命運。就某種意義而言，彌子姊是用自己的身體在下永遠不會結束的西洋跳棋。看著被截肢的腳，我覺得很難過，同時又因為彌子姊並未放棄比賽而安心。彌子姊的左腳踝價值不菲，拿去秤重的話應該值不少錢吧，不過，對於我而言，彌子姊的腳比錢重要多了。我好想和彌子姊一起並肩漫步。

我推著彌子姊的輪椅在療養院裡散步，在幾乎化為記號的安詳之中，一起沐浴越發熾熱的陽光。

每當看見綠葉，我就會想起在十枝醫生的房間裡邊看月曆邊說的那番話。夏天結

束時，彌子姊就會死去。老實說，我實在看不出來。不，我在說謊，其實我看得出來。被一點一點地切除、日益消瘦的身體顯然越來越接近死亡。

不過，彌子姊的眼睛一如剛相識時，絲毫未變，棋路也越來越犀利。雖然睡眠時間逐漸變長，可是清醒時的彌子姊就像能夠永遠活著的妖怪一般英姿煥發。

正如彌子姊體內參雜著礦物與非礦物一般，生與死也在彌子姊的體內完美混合，這種奇妙的感覺是筆墨難以形容的。

「江都。」

坐在輪椅上的彌子姊用沉穩的聲音說道。

「什麼事？」

「Ｅ３到Ｆ４。」

「我不會下盲棋……Ｂ３到Ｃ４？」

「反正我下到後來也會亂掉……等等，那是同一側耶。」

「真虧妳能發現，我自己都沒發現。」

所以我說了嘛，我不會下盲棋。再下個幾百次或許做得到，不過彌子姊一定會巧妙地竄改盤面。

「散步沒什麼意思，還是下西洋跳棋比較好玩。」

「剛才妳在房裡不是說『現在不是下西洋棋的時候！』嗎？」

「那是兩碼子事。反正隨時都能散步。」

坐在輪椅上的彌子姊轉向我。

「哎，推個輪椅倒是不成問題……」

「那就勞煩你帶我到天涯海角啦。」

接著硬化的，是彌子姊的左肺。

僅差數公分就會致命的領域。

▼18天前

接著，分校祭的日子到來了。

原本還擔心無法達標，但是最終我們拉到的贊助數量大幅超越目標，而我和月野同學也一起製作了大量的贊助商廣告。想了近三十種宣傳詞的月野同學，到後來都已分不清東南西北。

不過，做好的手冊品質還不賴。如同月野同學所言，廣告頁面宛若複寫了現在的昴台，沒有刊登在上頭的設施只有療養院而已。

大家一起製作的立牌幾乎淹沒狹窄的操場。我們製作的立牌放在操場中心，讓我有點難為情。

大家合力畫出的圖，是曬日光浴的貓咪。在太陽底下盡情伸展的貓咪，雖然發生過前腳毀損的意外，但是成品大致良好。貓咪躺在黑白格紋的板子上，看過立牌的人應該都以為那是西洋棋盤吧。

我要在此懺悔。我畫的那個貓咪躺在上頭的棋盤，其實是西洋跳棋盤。

這部分並不重要，只是應月野同學的要求隨便畫畫而已。畫西洋跳棋盤，上色雖然麻煩，輪廓卻很簡單。「你很會畫西洋棋盤耶。」月野同學如此讚美我時，我並沒有訂正，反而大言不慚地回答：「其實也沒多難畫啦。」一想到這是我內心深處隱藏的欲望，就覺得好噁心。

因為彌子姊說過她也想參加分校祭，我才透過這種形式讓彌子姊參加。這件事就別告訴其他人吧。

上半身開始硬化之後，彌子姊和十枝醫生似乎針對治療方針進行過好幾次討論。我不在場，是聽彌子姊轉述的。

彌子姊的月曆上沒有新的手術行程。左肺的硬化像扎根似地逐漸擴散，但是切除也無濟於事，因為就算動了手術，其他地方也會很快出現硬化。

換作之前的我，應該會要她別放棄吧。就算其他部位也可能開始硬化，我還是會懇求她先把眼前的病灶切除。

不過，在我說出這種蠢話之前，彌子姊便搶先說道：

「其實製造金子的方法已經研究出來了。」

「之前妳不是說金子是星球的屍骸產生的遺物，所以價值不會下跌嗎？」

「你在學校應該學過原子和中子吧？這算是種比較硬來的方法，只要讓中子撞擊原子核，就可以讓任何原子變質。不過沒有人這麼做。」

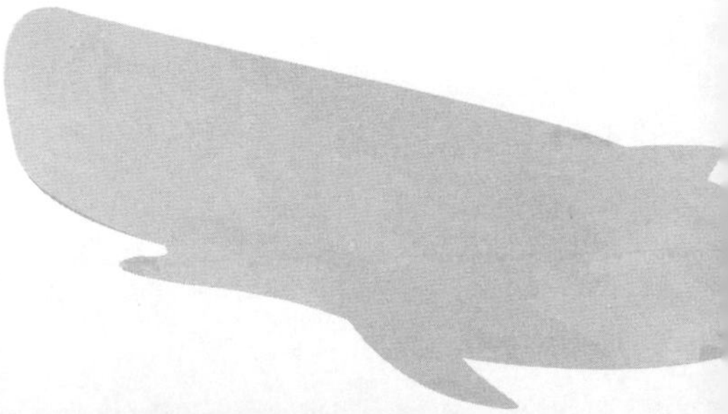

「為什麼？」

「因為划不來。要讓中子成功撞上小之又小的原子核，必須反覆嘗試幾萬次。這麼做需要龐大的金錢，還不如直接拿這筆錢去收購金子比較快。真現實啊。」

「……一點夢想也沒有。」

「我現在的狀態也是這樣。」

彌子姊把手放在胸口笑道：

「就算把肺切除也划不來。我的體力會變得越來越衰弱，動手術的損失反而比較大。既然如此，我選擇買下自己的人生。」

彌子姊的右手慢慢開始麻痺，擺棋成了我的工作。她用較靈活的左手拿起棋子。

「這也是正確答案。江都，不用擔心。」

棋子放上棋盤的聲音響徹四周。

同時，煙火升上了空中。

回憶中的彌子姊與眼前的風景重疊，令我一陣暈眩。上午發手冊，下午發呆，一天就這麼過去了。時間來到晚上九點，分校祭即將閉幕。

在操場裡施放的煙火不是什麼高檔貨，不過，從位於昴台最高處的療養院，應該看得見煙火吧。一直很想參加分校祭的彌子姊看了煙火，可會開心呢？

在這個村落，星空一覽無遺。

我好想見彌子姊。明明幾乎是天天報到，而且今天是難得的分校祭，但我還是忍不住這麼想。

「……你還有去探望都村小姐吧？」

此時，晴充突然向我攀談。難得的祭典，他卻面色凝重。哎，要說神色黯淡這一點，我應該也差不多。

「嗯……是啊。」

我在做什麼姑且不論，出入療養院的事是瞞不住的。話說回來，晴充為何問起這件事？只見他帶著沒有絲毫緩和的僵硬表情，繼續說道：

「起先聽說你常去探望都村小姐的時候，我覺得很奇怪，同時也很慶幸。」

「慶幸？為什麼……」

「欸，不曉得你知不知道，從水道通往療養院那條路的鎖是我弄壞的。哎呀，我

幹嘛跟你說這個？」

我知道晴充說的是哪條路，因為我一直在使用那條路。那裡的鎖確實壞了。彌子姊探險的時候，鎖還是好的，原來弄壞的是晴充？

這麼一提，我開始走那條路、發現鎖壞了，是在森谷先生的店和晴充說話之後。

「……」

「哈哈，真是的，我幹嘛提起這件事啊？」

平時口若懸河的晴充難得語塞。原來那裡的鎖不是彌子姊弄壞的，而是晴充。晴充為了方便我去療養院、為了讓我去探望彌子姊，居然不惜這麼做。他是想替彌子姊打氣嗎？不，不對——我立刻改變想法。不是這樣。

「……你到底想說什麼？」

「今天出版的週刊上有你的報導。是我爸跟我說的。」

「……咦？為什麼會有我的……」

「你應該知道為什麼吧？是都村小姐和你的報導。」

「彌子姊和我的……」

「雖然比大都市慢好幾天，但三天後，森谷先生的店裡應該也會出現那本雜誌。就算沒有雜誌，一旦跟風報導的媒體來到昴台，大家就會發現了。昴台人都會知道和都村彌子扯上關係代表了什麼意義。」

週刊的報導。媒體。發現。

我完全不明白晴充在說什麼，晴充對困惑不已的我繼續說道：

「現在還沒有被發現，你去探望都村小姐的事和你的將來還沒有被聯結起來。所以，你裝作完全不知情就好。最好別再和都村小姐見面了。」

「等等，你到底在說什……」

「就算你不再去那裡，都村彌子也會把錢留給你。你不需要去了。」

「……咦？」

「我沒說錯吧？人都會日久生情，而且她一直很關心你……她應該也認為與其被政府沒收，不如拿來幫助你吧。」

晴充為何說這些話？我不需要去了是什麼意思？是因為彌子姊的病情越來越惡化嗎？

不是——我自行否定。晴充的言下之意，我再明白不過。

媒體會來。如果是我撰寫報導，會用什麼話題來吸引民眾關注？答案很簡單。

非親非故的人因為女大學生之死而獲得三億圓這種淺顯易懂的八卦題材。

「三億圓十之八九會給你，所以你最好別再跟都村彌子往來。」

我明白。可是，聽到這句話的瞬間，就像是五臟六腑被胡亂翻攪一般，我感受到莫大的衝擊。骨子裡開始透出一股寒意，但是晴充的話語充滿人情的暖意。

「我常常在想，為什麼江都必須放棄所有？這樣太不公平了。你沒理由被這樣剝奪一切。」

晴充的話語充滿懊惱，可是我完全跟不上。我不知道晴充心裡是這麼想的，而他選擇在這時候提起過去從未提及的事，也讓我驚訝不已。

「所以，都村小姐選擇了你，我真的很開心。你最好逃離這個地方。」

「……我並不在乎錢。」

就連面對晴充，我都得這樣辯解。

「我懂，我懂。」

你懂什麼？

「我必須去找彌子姊。」

我像是發燒似地喃喃說道。骨子裡雖然發寒，腦子卻迷迷糊糊地發燙。背後還在放煙火，藍色的光芒照亮漆黑的操場。

「我還沒贏過彌子姊。」

「啊？你在說什——」

「欸，你不回答也沒關係。你說你不去畢業旅行，是因為我不去嗎？」

我一直對這件事耿耿於懷。那時候，我不敢繼續想下去。莫非晴充只是想中止畢業旅行而已？

就為了我一個人。

「江都……」

「抱歉，我真的很感謝你。這是真心話。」

我只說了這句話，只說得出這句話。

我匆匆忙忙趕往療養院，連櫃檯都略過，直接前往六樓。

看見進入病房的我，彌子姊似乎相當吃驚，大概是沒料到我會來。從窗簾拉開的窗戶可望見靜謐的夜空。

「從這裡也看得見分校祭的煙火耶，好熱鬧。」

彌子姊的表情看起來比平時更加成熟。但這樣的形容方式說起來也很奇怪，因為彌子姊原本就比我成熟許多。

「你不必回去嗎？」

「今天我想待在這裡。」

我像個小孩耍性子，原本期待彌子姊叫我回去，誰知她卻笑道：

「正好。這個夜晚很寂寞，幸好有你陪我。」

「……對不起，讓妳配合我。」

「真不可愛。但我現在有點睏，沒辦法下西洋跳棋……可以睡一會兒嗎？」

「好，我在這裡——」

說到這兒，我停住了。只見彌子姊掀起棉被，向我招手。

「總不能叫你睡地板吧。」

彌子姊對愣住的我淘氣地說道。

「不，可是……」

「你要進來還是回去？」

彌子姊用下棋時的聲音說道。

煩惱過後，我鑽進彌子姊的被窩裡。這是初次體驗，比想像中更加令人忐忑不安。我根本不敢動彈，因為我害怕只要稍微挪動身子，就會一發不可收拾。

「你幹嘛轉向另一邊？」

「如果面向妳，我可能會緊張得吐出來，這樣沒關係嗎？」

「我才不要。那你不用轉過來了。」

說著，彌子姊採取了和我背對背的姿勢。我的背骨和彌子姊的背骨微微地接觸。

「今天的江都沒那麼溫暖。」

「或許吧。」

我這才發現彌子姊的心跳聲和一般人不太一樣。彌子姊的心跳聲偏高，聽起來有回聲，或許是受到硬化的影響。這種聲音聽起來很舒服，也很優美。我恨透了逐漸侵蝕彌子姊身體的金塊病，卻有這樣的念頭，實在很矛盾。

「彌子姊。」

「唔？怎麼了？」

「我喜歡妳。」

或許這不是在背對背的狀態下該說的話。黑暗中，彌子姊說道：

「我想也是。」

帶著笑意的聲音聽起來好寂寞，令我無言以對。

我已經做好了被前來巡房的仁村小姐趕出去的覺悟，但是說來意外，我竟然在這種狀態下迎來早晨。我在變亮的病房裡揉眼，心情跟著逐漸冷靜下來。

我不但在分校祭期間偷偷溜出來，而且沒有回家。媽媽是否察覺我不在家的機率大約是一半一半，不過之後一定會引起麻煩。

最糟糕的是，我在一時衝動之下向彌子姊告白，而她的答覆是「我想也是」，讓我好頭痛。這又不是在對答案。至於當事人彌子姊，則是還在呼呼大睡。

我懷著五味雜陳的心情下床，眺望窗外。

療養院周圍擠了一群人。

人數只有二十人左右，但是以昴台的規模而言已經很多人了。居民也被人群吸引，遠遠地圍觀著，我彷彿可以聽見他們議論紛紛的聲音。

晴充說的應該就是這種情況吧。

聽說週刊刊登了我和彌子姊的報導，而我猜得出是什麼樣的報導。光看媒體特地跑到這種深山來追蹤我們，就知道那篇報導鐵定很煽情。

可是，我又有種不過爾爾的感覺。如果在好奇心與惡意的集中砲火攻擊之下付出的代價只有動彈不得，那倒也無妨。

只不過，一想到彌子姊的感受，我就不寒而慄。無論報導內容為何，彌子姊都可能受到傷害。一想到這一點，我就好害怕。

該怎麼辦？我如此自問。在這種狀況下，我們能逃去哪裡？猶豫過後，我下了一步明顯的壞棋。我來到一樓，大搖大擺地走向療養院玄關。

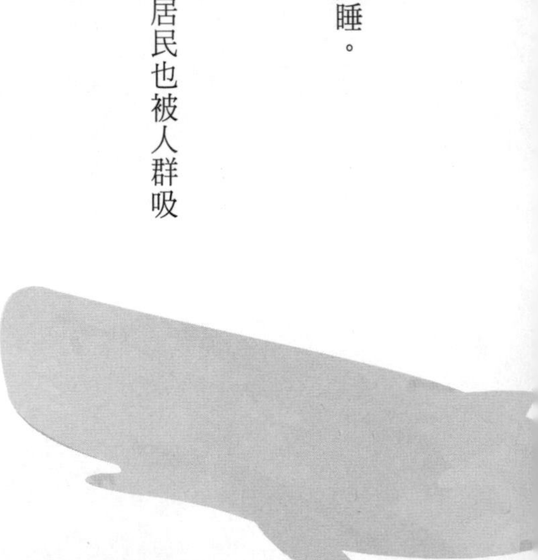

「江都同學！別出去！」

仁村小姐的叫聲傳來，但是我充耳不聞，走到外頭。

今天是萬里無雲的大晴天，耀眼的光芒讓我眼前發黑。

一看見我，媒體立刻殺到門前，拿著小型機械的手從關上的格子門伸過來。

「您就是江都日向同學嗎！可以請教幾個問題嗎！」

「江都日向同學！都村彌子小姐的病情如何？」

「聽說三億圓會委由父母代為運用？」

「聽說您是都村彌子小姐的親生弟弟，是真的嗎？」

面對一擁而上的問題，我不禁縮起身子。然而，我還是有種事不關己的感覺。在背後聽到這些問題的昴台居民應該知道是怎麼一回事了吧。積極點的人搞不好早就問過我和彌子姊的事。

「呃，我想問一個問題……」

「您和都村小姐是什麼關係？」

「這個問題可能有點粗俗，請問你和她之間有沒有肉體關係——」

「你們是從誰那裡聽說我和彌子姊的事？」

我的問題被夾雜著咒罵聲的提問蓋過了。大家大老遠跑到昴台這種鄉下地方，心情想必很煩躁，對於不肯正面回答問題的我更是怒火中燒。不過，這是我唯一想問他們的問題。我和彌子姊的事是怎麼曝光的？

一瞬間，我想起《現在週刊》的遊川，可是這些來勢洶洶地逼問我的人之中，並沒有遊川的身影。

問題越來越偏激。拿來詢問十五歲少年過於下流的問題，以及三億圓去向這類充滿臆測性的問題，全都毫不容情地直衝著我而來，或許是想看我的反應或激怒我吧。不過，我的心情異常平靜。

這時候，有個東西砸到我的肩膀，掉了下來。地面上有本叫做《時代週刊》的雜誌，好像是包圍四周的某個記者扔過來的。

這似乎就是火苗。封面是我沒看過的彌子姊照片。

報導的標題是：『取自怪病的三億圓何去何從？貧困少年撿到玻璃鞋。』

被以「美貌金塊病患者」一詞介紹的，當然是彌子姊。那是她大學時接受表揚的

照片，英姿煥發的側臉旁邊印著標語：『死後會變成三億圓的金塊病患者，美貌背後的悲劇。』

旁邊則是我的照片和詳盡的個人資訊，也不知道是從哪裡得來的。從我的家庭狀況與生活態度，到黯淡的前途和即將因為三億圓而改變的未來，一應俱全。

報導加油添醋地描述彌子姊無親無故，三億圓原本會被政府沒收，而我趁機接近彌子姊，試圖將這筆鉅款占為己有。而且療養院的管理體制漏洞百出，才會讓貪圖錢財的男人輕易入內。

除此之外，還說我連學校也不去，成天待在療養院裡安慰彌子姊。報導知道這麼多內情，卻完全沒有提及西洋跳棋的事，只是憑著低俗的想像杜撰我們在病房裡做了什麼事。

報導最後又說，彌子姊即將死亡，右腳和左腳踝都切除了，距離我獲得三億圓已經進入倒數階段。我越看越覺得這則報導過於詳盡，尤其是關於彌子姊病情的部分，照理說應該沒多少人知道才對。

「喂！別裝作沒聽見！」

見我一直杵在原地閱讀報導，群眾中的一人似乎按捺不住，如此怒吼。聽到怒吼聲的瞬間，我立刻彈跳起來，奔向療養院。

雖然我不能上網，但是可以推測出網路上應該也是滿城風雨。我的個人資訊鐵定和彌子姊一起散布開來，與三億圓的附加價值一起昇華為大眾娛樂。

不過，就某種層面而言，這是事實。我為了獲得大筆財富而接近彌子姊，這個目的即將達成，只要等她一命嗚呼即可。

彌子姊成了活金塊，只有下場會成為故事。大家都認為她過沒幾天就會死，屏氣凝神地觀望著昴台療養院。

我上氣不接下氣地逃到玄關，腦袋變得越來越燙，感覺好想吐。就在我忍著反胃感調整呼吸時，一道影子伸過來。

「接受洗禮了嗎？」

抬起頭來一看，是時常照面的櫃檯人員。

「您是……」

「我？哦，這麼一提，我沒說過我的名字……」

櫃檯人員自稱久保山，不知何故笑得很開心。

「一直都是那樣。你有聽到仁村小姐叫你別出去吧？」

「聽是聽到了……我只是有點好奇……」

「話說回來，這次事情可嚴重了。基本上，都村小姐的病情是不外洩的。」

「……那是怎麼曝光的？還有彌子姊死了可以換得一大筆錢的事。」

「誰曉得？不過關於錢的事，沒什麼曝不曝光可言。多發性金化肌纖維發育異常症和捐獻檢體給政府的事只要去查就查得到。只不過，哎，非要到了這種狀況，才會有人去查。」

久保山先生淡然說道。

「問題應該在於，非親非故的你有可能得到這筆錢的事曝光了吧？這次媒體會這麼狂熱，不僅因為拿到錢的是與患者毫無關係的外人，還是經濟有困難的孩子。」

「再這樣下去會變成怎麼樣？」

「不怎麼樣。療養院照常發揮療養院的功能，我們會竭盡所能幫助都村小姐。讓她留在這裡，就是為了讓她好好思考該如何生活。」

「……是啊。」

「要說改變，會變的是你。老實說，我很擔心這一點。」

「我？」

「現在事情演變成這種局面，只要都村小姐一死，一連串事件都會上新聞。收下數億圓的少年江都日向應該會成為轟動的話題吧。你能夠承受嗎？」

我還沒贏過彌子姊——這次我沒說這句話。

「……我連想都沒想過，對不起。」

「沒關係，沒想過是正常的。不過，你必須做好覺悟。如果你想繼承都村小姐的遺產，就要做好拋棄現在的一切遠走高飛的覺悟。」

「……要這麼徹底？」

「不知道你有沒有聽過這個故事？某個罹患金塊病的男性病患想讓當時交往的女友繼承自己的遺產，可是他的親戚不肯善罷甘休，最後那個女友的下場很慘。世上也有這樣的事。」

久保山先生淡然說道。

「人會因為錢而改變。不過，我知道你的情況，如果可以，我希望你繼承遺產，安安靜靜地生活，直到風頭過去。無論別人說什麼，我認為能夠活用都村小姐這筆錢的只有你一個人。」

「可是，要是我收下……大家一定會認定我是為了錢而接近彌子姊。」

「別說傻話了，不要根據周圍的反應下判斷。既然都村小姐願意，這就夠了。」

說來意外，久保山先生疾言厲色地說道。

不過，我最害怕的就是這一點。周圍的人將彌子姊當成玻璃鞋，當成拯救我脫離困境的蜘蛛絲。

在這樣的脈絡下，最可怕的就是——

「久保山先生，我可以問一個問題嗎？」

我想起週刊的報導。療養院的管理體制漏洞百出，才會讓我輕易入內。那篇報導把彌子姊形容得像是必須嚴防被盜的寶石一樣。雖然是篇令人不快至極的報導，但是某些部分倒也有理。

「……久保山先生為什麼放我進來呢？」

所以我才會和這筆根本不配得到的財富扯上關係。

「我來櫃檯的時候，您吃了一驚，對吧？當時我以為是因為很少人來探望彌子姊，不過現在想想，應該不是這個理由。那時候，您是在猶豫該不該放我這個陌生人進去吧？」

久保山先生露出了些許驚訝之色。不過，我猜得應該沒錯。

「所以呢？你想說什麼？」

「我只是在想，當時您的判斷是不是過於輕率……搞不好我真的是那種為了錢而接近彌子姊的人。說得極端一點，或許我會傷害彌子姊。」

「要這麼說的話，跟任何人往來都不安全了。我現在也是抱著被你殺掉的風險在跟你說話。」

「這……或許是吧。」

「別的不說，這麼做對你沒有任何好處。如果都村彌子沒有順利病死，你就沒有幸福的日子可過。傷害她，等於是減損你未來的資產。」

久保山先生刻意說得很市儈。

「再說，就算知道你是為了錢而接近都村小姐，我還是會放你通行。」

但是接下來的話語溫柔至極。

「為什麼……」

「這還用問？因為她也是人，我無權阻止一個人和別人交流。」

之後，久保山先生又補上一句：

「哎，我一看就知道你不是這樣的人了。」

「你們在聊什麼有趣的話題？」

此時，十枝醫生加入我們的話題。

「江都同學說傻話，被我修理一頓。」

「哎，也難怪你煩惱。我看到外面的情況都覺得很頭大。」

「……是嗎？」

「對了，你跟我來一下。」

說著，十枝醫生帶我前往第一次談話的那個房間。

「你知道這是什麼嗎？」

十枝醫生拿出一個裝滿透明液體的瓶子給我看，瓶底是比拳頭小一圈的金塊。在房間燈光的照射下，金塊散發著微光。

「這是她胃的一部分，剛來這裡沒幾天的時候切除的。只要加熱到一定溫度以上，就會變質。」

「彌子姊的一部分……」

「不光是腳，她還缺了很多部位。她的身體被我一點一點地挖空，挖出的部分就像這樣，變質為金子。你視為都村彌子一部分的這個只是一種元素，和一般元素根本沒有差別。」

說到這裡，十枝醫生停頓一會兒。

「既然如此，你不認為會把這個當成都村彌子，正是出於人與人之間的感情嗎？至少我是這麼想的。」

▽

正如拿著手電筒的老人所言，前頭是死路。

我對照附近的標誌和地圖，確認位置。死路旁邊有條通往山裡的荒僻小路。目的地應該是在這個方位。

我必須做出選擇。這條路輪椅無法行走，可是大路已經不能再走。與其走九彎十八拐的大路，不如直接走這條路比較近。我沒時間煩惱了。

「彌子姊，抱歉……失禮了。」

我把手臂伸向彌子姊的腋下，抱起她，並緩緩扭動身子，小心翼翼地背起她。

——到達底線、背起棋子便是王。

我想起彌子姊說明西洋跳棋規則時所說的話。

彌子姊的身體冰冷無力，僵硬得讓人毛骨悚然，彷彿沒有血液在流動。我不想背如此冰冷的彌子姊。

「……對不起，變成這樣。不過，再一下子就到了……」

我訴說著沒人聽見的歉意，踏上山路。背上的重量促使我往前邁進。

王可以去任何地方。我可以繼續往前邁進，不會被抓住。

▼16天前

在那之後，彌子姊一直沒有醒來。隨著疾病惡化，彌子姊清醒的時間越來越短，有時整整兩天都在昏睡。要是彌子姊就這樣一睡不醒，該怎麼辦？可是考慮到現在的狀況，或許她繼續睡下去比較好——這兩種心思互相交錯。

此時，病房傳來敲門聲，是仁村小姐。

「江都同學，呃……有一個人說什麼都要見你一面。雖然我拒絕了，可是他一直在鯨魚的圍牆那邊大呼小叫……」

「……是媒體的人嗎？」

「他說『江都日向欠我人情』。我不認為他真的認識你，但還是跟你說一聲。他說會在療養院附近的巴士站等你。」

「……是嗎？」

「如果你不知道是誰，就別去了。」

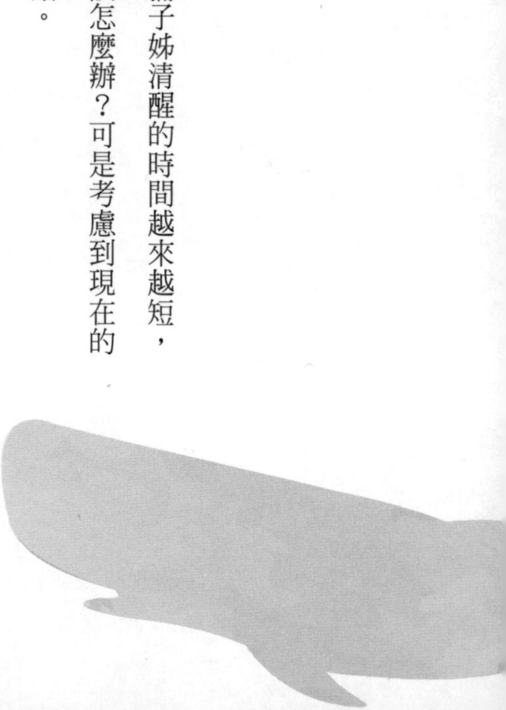

「不，不要緊，我去。」

我斷然說道，收拾物品之後離開病房。

我欠了人情的人——這樣的人，我只認識一個。

我從後門經由水道離開療養院。

如我所料，在巴士站等我的是《現在週刊》的遊川。乍看之下，周圍沒有其他人。

一看見我，遊川便迫不及待地說道：

「你好，江都同學。一陣子不見，你長高啦。」

「……短短期間內，怎麼可能長高？」

他說的人情，指的應該是提供彌子姊的相關資訊吧。他把這件事當作有恩於我，固然令我不快，但若是沒有他，我至今對彌子姊只怕依然是一無所知。

在沉默之中，我平靜地詢問：

「把彌子姊和我的事寫成報導的是你嗎？」

「信不信由你，不是我。」

「要我怎麼相信？第一個來昴台的是你，而且我和彌子姊的事你都知道。」

「我不知道都村彌子的病情，因為療養院不讓我進去。再說，我並不是一天到晚都跟著你。截肢的事我也完全不知道。」

遊川沒好氣地說道。老實說，他看起來不像在撒謊。那會是誰？我把這句話吞了回去，轉而問道：「你後來去哪裡？」

「還能去哪裡？工作啊。你該不會以為話題人物只有你一個吧？昴台之外多的是值得報導的事。」

「可是，你對我和彌子姊不是很感興趣嗎？對你而言，昴台之外的事比這個更有趣嗎？」

「我本來是打算等到都村彌子死了以後再來採訪你。」

他看起來不像在說笑。他以為彌子姊死了以後，我的口風就會變鬆嗎？

「我說過了吧？我感興趣的不是病患本人，而是病患身邊的人。就算都村彌子死了，你也還活著。我是打算等到一切結束以後再申請採訪你。」

「你以為我會跟你說？」

「嗯，會。你以為被扯進這種事的人能夠三緘其口嗎？」

現在的我不認為自己會和任何人談論彌子姊的事，不過，或許以後就不同了。等到彌子姊過世一段時間以後，我就會忘記現在的焦躁感，和別人談論彌子姊的事嗎？在比那篇週刊報導更加美化幾分的前提之下。

「和都村彌子一起度過的日子，感覺如何？」

「……我思考過證明的問題。自從聽了你那番話以後，我一直在思考。」

「……」

「老實說，我不知道該怎麼辦。我不是為了錢陪在彌子姊身旁，可是無法證明這一點，就算放棄三億圓也無法證明。」

遊川凝視著我片刻之後，緩緩地站起來。

「……我可以問你一個問題嗎？」

「什麼問題？」

「你為什麼對金塊病這麼感興趣？」

我沒想到遊川會停下腳步。只見他回過頭來，平靜地說道：

「我妹妹的男友是金塊病患者。」

「……你妹妹？」

「那個男友不顧親朋好友，打算將錢全部留給我妹妹，而他實際上也這麼做了。不過，我妹妹是在他死後才知道這件事。那是一大筆錢，當然鬧得滿城風雨。那些連探病都沒來過、自稱是親戚的人，全都群起圍攻我妹妹。」

我聽過這個故事，是久保山先生建議我遠走高飛時所說的逸事。

「他們說，我妹妹是為了錢而接近那個男人的騙子，甚至還要我妹妹證明她的愛。這是要我妹妹怎麼做？砍掉手臂交給他們嗎？當然不可能。可是，那些閒雜人等不接受這樣的答案。就算我妹妹想放棄那幾億圓，他們的砲火還是沒有停歇。」

「……後來怎麼了？」

「她還活著，但已經三年沒醒了。」

遊川淡然說道。我想起久保山先生說過「下場很慘」。

「我妹妹跳窗自殺，不過沒有死。這證明了什麼嗎？還是只被當成想逃避眼前的處境而已？我到現在仍然不明白。」

遊川並不是對著我說話，而是望著遠方喃喃說道：

「我在尋找證明，不受任何人威脅的證明。」

你覺得找到證明，就能獲得慰藉嗎——這句話我說不出來。在我打算說其他話語代替的瞬間，周圍突然開始喧鬧起來，幾個記者隔得遠遠地看著我們。糟糕，會被包圍。我猶豫了一瞬間，朝著反方向衝出去。

「江都同學，上車！」

彎過轉角時，有人對我如此叫道。

一輛白色的車子停在我的去路上，駕駛座上的男人正在對我揮手。那是月野同學的爸爸。我依言奔上前去，坐進後座。

「來，快繫上安全帶。」

月野同學坐在副駕駛座上，但是連瞧也沒瞧我一眼。

「呃，您怎麼會來這裡……」

「事情好像鬧得很大，我想說在這附近繞一繞，說不定可以遇見你。一香也很擔心你，所以我就來看看能不能幫上忙。」

這麼說來，是月野同學拜託爸爸來幫我的？我本來想向副駕駛座上的月野同學道謝，又打消了念頭，因為月野同學依然是連看也沒看我一眼。她頻頻交互注視車子的行進方向與自己的腳邊，藉此度過這個尷尬的場面。我沒有勇氣向這種狀態的同班同學攀談。

車子繞著療養院周圍行駛。

「呃，月野同學的爸爸，我家……」

「哦，我知道，不要緊，我只是覺得繞一點路比較好，因為蒼蠅很多。話說回來，江都同學，叫我『叔叔』就好，就像以前一樣。」

我從來沒稱呼月野同學的爸爸為「叔叔」過，不過，我也沒蠢到特地糾正這一點。

「是……叔叔。」我回答。

車子兜了一大圈以後，才開始朝著我家的方向前進。從這裡開車，大約十分鐘就到了。叔叔像是算準時機，開口說道：

「話說回來……江都同學，你很厲害啊，叔叔好感動。」

心頭有股不祥的預感，但我還是故作平靜地回答：

「……什麼？」

「陪伴一個快死的女孩，多了不起啊。這種事不是每個人都做得到。」

我什麼話都還沒說，叔叔便又滔滔不絕地繼續說道：

「哎呀，沒想到有這麼純真的愛情，真好。和生病的女孩交往，應該很辛苦吧。」

叔叔隔著後照鏡凝視我，眼睛瞇成一條縫。車子一直以令人難以置信的緩慢速度行駛。

「……我不覺得辛苦。」

「哎呀，你真的很有包容力，不愧是昴台的男人。昴台的男人向來堅忍不拔，所以能跟病人交往。」

我的心開始發涼。叔叔無視於我，繼續說道：

「雖然說三道四的人很多，不過我相信你一定不會浪費這三億圓，會選擇最好的使用方法。」

「那不是我的錢。」

「馬上就是你的了。」

叔叔斷然說道。

「哎，反正你不用管其他人怎麼說。那三億圓是你可以光明正大收下的錢，不用在乎別人在背後指指點點。」

「……叔叔。」

「對了，我想到一個點子。在昴台替那個生病的女孩建一座石碑，如何？欸，江都同學，昴台的石材也很有名，她一定會很開心的。這樣大家就不會忘記她，還會感謝她。」

叔叔的口氣活像這是個絕妙無比的正確答案。

「嗯，這種用法也不賴。如果是用來活絡昴台，那些說壞話的人應該就沒得抱怨了吧。投資……對，投資，昴台有很多地方可以投資。昴台本來林業很興盛，叔叔從前也是從事林業……這幾年昴台和其他地方相比，變得乏善可陳……要打破這種惡性循環，必須投資設備，不過沒人肯來投資這種鄉下地方的林業。」

月野同學更加蜷縮起來，幾乎快消失了。

「生病的女孩回報度過人生最後時光的昴台，多讓人感動啊。這樣一來，那些囉

哩囉嗦的人也會閉上嘴巴。」

瞬間，我的視野因為熱病般的怒意而扭曲。

連結我獲得三億圓和彌子姊死亡之間的線，對於其他人而言是可以忽略的東西，甚至根本看不見。彌子姊還沒死，彌子姊還活著。莫說三億圓，彌子姊也不是我的所有物。

「哎，江都同學，你可以慢慢考慮沒關係。哎呀，叔叔沒想到你會有這麼一天。沒想到你會和那個生病的女孩——」

「病人的名字叫都村彌子。」

「咦？哦，是啊。都市人連名字都很時髦。」

我知道不該說這些話，但就是停不住。

「偷偷跟您說，其實彌子姊會好起來。現在治療辦法已經大致確立，只要再繼續投藥一陣子，就能開刀把病治好。」

「咦？」

「週刊雜誌上寫的都是假的，彌子姊會好起來。下個月動完手術以後，她就會離開昂台，回去東京的醫院。她說她打算復學。所以，您對我說那些話完全沒有意義。」

困惑之色逐漸在叔叔臉上擴散開來。這跟我聽到的不一樣啊——他的表情彷彿在如此訴說。見狀，我心中的怒氣開始失控。我想起那個悲痛叫聲響徹走廊的彌子姊。現在的感覺活像當時的彌子姊附在我身上。

「彌子姊不會死，所以真的和我無關。彌子姊會變成金子什麼的全是假的，大家都被耍得團團轉。」

「呃……」

「彌子姊會離開這個地方活下去。」

我無法繼續說下去，因為我想起了坐在副駕駛座上的月野同學。

月野同學連瞧也沒瞧我和叔叔一眼，在副駕駛座上不斷打顫。見狀，在我心中肆虐的怒氣稍微安分下來。附在我身上的彌子姊留下了殘渣之後，消失無蹤。

「你……」

叔叔沒有放過這一瞬間，低聲說道：

「你要面對現實，不然生病的女朋友會死不瞑目。」

我這才發現已經來到我家附近的三岔路口，彷彿叔叔能夠自由自在地伸縮路程。

「……謝謝。」

「嗯，哎，叔叔是站在你這一邊的。至少送你來這裡的是我，對吧？」

說完，叔叔便離去了。在這段期間，月野同學依然低著頭不發一語。

月野同學的身影在腦海中揮之不去。是我讓月野同學坐在那個位子上。因為我是她的同班同學，所以她必須坐在副駕駛座上。聽著那番話，不知道月野同學做何感想？一想到我可能踐踏了她善良開朗的心，我就雙腿發軟。

我家周圍有好幾個記者在盯梢，但我不為所動，沿著圍牆爬上二樓。窗戶一下子就打開了。

當我爬進房間時，發現媽媽站在房裡。

媽媽露出撞鬼似的表情看著我。應該是因為她翻箱倒櫃之故，房間變得亂七八糟。不過，原本就空空如也的房裡沒有任何證據。凌亂的房間中心擱著那本週刊雜誌。

我靜待媽媽開口。看見爬窗進來的我，媽媽近乎哀號地叫道：

「日向！你……是真的嗎？」

媽媽很久沒有叫我的名字了。

在心底某處，我希望她別叫我的名字，希望她乾脆忘記。

「……妳知道了？」

「那還用說？這本雜誌都寫了。啊，對了，外面還有記者。」

「妳不生氣嗎？」

「啊？為什麼要生氣？」

「因為出入療養院很骯髒。」

「現在不是說這種話的時候吧，狀況完全不一樣。」

媽媽嘲諷道，彷彿在說我無知。操勞已久的一樓印表機想必已經停止運轉。這個人應該不會繼續從事反對運動了。

「三億圓耶！三億圓。有了這筆錢，就可以離開這個鬼地方，太好了。欸，你怎麼不早說呢？」

「……還不到說出來的階段。」

「啊？至少該說一聲吧。你問過稅金的問題了嗎？」

「現在不是說這些的時候。別打擾我。」

「喂，你給我——」

「現在不好好陪著她，說不定她會改寫遺書，那就功虧一簣。」

說著，我努力擠出僵硬的笑容。聞言，媽媽一副恍然大悟的模樣說道：「對……對喔，你說得沒錯，女人是種情緒不安定的生物。」

這個咒文大為奏效，媽媽立刻離開我的房間。這是最差勁的威脅、最糟糕的謊言，但也是最有效的話語。

我跌坐在只剩下我一個人的房裡，拿起電力只剩一半的手機傳訊給彌子姊。

『彌子姊，對不起。』

略微思考過後，我刪掉這句話，重新打一段文字傳送出去。

『彌子姊，我暫時離開一下，待會兒再過去。』

接著，我一動也不動，直到太陽下山為止。

彌子姊並未回覆我的訊息。

待四周完全安靜下來以後，我才下了一樓。我必須吃點東西，稍微梳洗一下。

一樓不見媽媽的身影，不知道是不是已經就寢。我從後門窺探外頭，媒體也撤離了，要出去就趁現在。

我迅速地梳頭洗臉，隨便拿了些廚房裡的東西來吃。抽風機的聲音格外響亮。我確認時間，已經過了晚上十一點。

「日向，你要走啦？」

突然有人對我說道。佇立於走廊上的北上叔叔凝視著我。

「……對。我現在必須去找彌子姊。」

「我懂，我真的懂。」

「所以，這個家——」

不知何故，瞬間，我想通了一切，甚至覺得不可思議，為什麼之前我完全沒有聯想到這個可能性？

我的個人資訊，時常到療養院探望彌子姊的事，還有不知在何處拍下的照片。不

過，我並沒有跟他說過彌子姊死後會留下三億圓與彌子姊的病況。

手機現在就放在我的口袋裡——前往彌子姊的病房時，一定會隨身攜帶的智慧型手機，以及北上叔叔給我的美麗藏青色手機殼。

「……那是北上叔叔寫的嗎？」

「對。」

這是句致命的話語，可怕到我連說出口時都不禁遲疑的地步。

然而，北上叔叔卻坦率承認，表情絲毫未變。

「為什麼……」

「你有三億圓可拿吧？很厲害嘛。拿到那筆錢以後，你就會離開這個家，對吧？我都知道。」

在沒被媽媽打斷的狀態下與北上叔叔交談，竟會是這種內容，令我難以置信。

「簡直是跟錢交往啊。你在等那個女孩死掉吧？哦，我不是在批判你，這就和釣到金龜婿的意思差不多。」

北上叔叔用了和那篇報導一樣的字眼。

「你把我和家裡的事全部抖出來，是為了什麼？」

「八十萬圓。」

北上叔叔斷然說道。

「單單寫一篇你的報導，就可以拿這麼多錢。雖然比不上三億圓，但也是筆不小的錢。你只要稍微忍耐一下，以後就可以拿到這點小錢根本不能比擬的大錢。」

「北上叔叔，你在說什麼……」

「我都知道，那些錢不會給我，鐵定是由江美子掌管，我一毛錢也分不到。那個女人，那個女人……一旦有了這筆錢，就會拋棄這裡、拋棄我。還是說，日向，如果我討好你，你會分個一千萬給我？」

我明明聽得懂他的每字每句，卻無法消化。悲壯的聲音衝口而出。

「你沒想過彌子姊……彌子姊看到報導以後會受傷嗎？媒體聚集到這裡來，彌子姊……雖然彌子姊是個很堅強又很聰明的人，但要是她真的以為我是為了那筆錢才陪在她身旁——」

「這一點也不重要！反正她遲早會死！」

北上叔叔扯開嗓子叫道。我從沒看過北上叔叔這副模樣，就連媽媽無理取鬧的時候，他都不曾這樣粗聲厲語。

「……你很瞧不起我吧？無所謂，反正你拿到那筆錢以後，就會跟我斷絕關係吧。江美子好像以為你的錢已經在她的口袋裡，不過我知道，你一拿到錢就會逃離這裡。你現在之所以還留在這裡，說穿了只是因為沒有勇氣去外面闖蕩而已，但錢可以解決這個問題。」

「為什麼？北上叔叔，為什麼……」

「啊，還是你真的打算把那筆錢拿來補貼家用？如果是，我會為了我做的一切道歉。如果不是，我死也不會道歉。」

北上叔叔用孩子氣的口吻笑道。

剛認識時，北上叔叔是理想的父親。我一直以為北上叔叔能給媽媽幸福，看他立志振興昴台，也真心覺得他一定做得到。北上叔叔還買了書給我。雖然梅爾維爾的作品對我而言太過艱澀，但是因為北上叔叔喜歡，所以我也跟著看。

「與其用那種眼神看我，不如採取實際行動。」

北上叔叔嘀咕。我沒有責備他的意思，只是感到難過而已。我把手機殼——八成有竊聽器——放到桌上。

「就算你把手機殼留下，只要有人邀稿，我還是會繼續寫。」

「……沒關係，你愛寫就去寫吧。」

這是真心話。我就這麼走出了玄關。

在月隱星稀的黑暗中，我步向療養院。

「啊，江都。」

來到療養院時，彌子姊已經醒了，床邊桌上居然放著那本週刊雜誌，而且攤開來的正是刊登我們報導的那一頁。至於彌子姊本人，則是全神貫注地看著手機畫面。

「你居然進得來。面會時間已經過了吧？」

「……我翻牆進來的，後來拜託仁村小姐通融。」

宛若撲向二月鯨一般爬上圍牆的我，看在旁人眼裡應該是滑稽至極吧。不過，大門因為白天的騷動而緊閉，我只能這麼做。

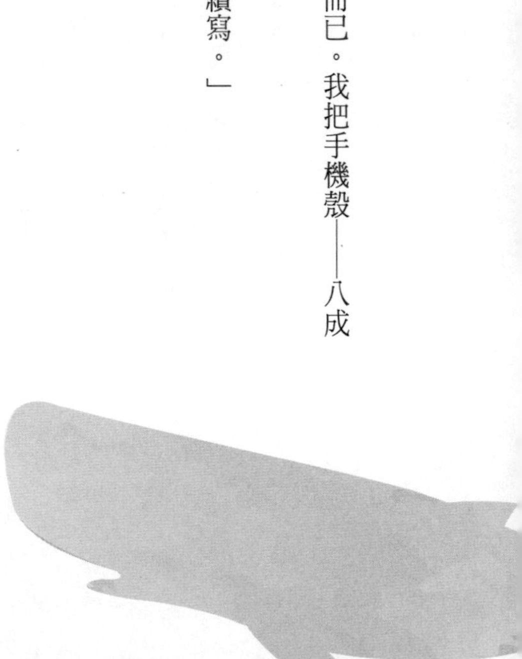

「要是沒有仁村小姐可以哀求，我就只能在外面等了。」

「瞧你說得那麼淡然，好恐怖。」

「彌子姊，妳在做什麼？」

「搜尋自己的消息！」

「連我的訊息都不回？」

「啊，我忘了。已經顯示已讀了吧？」

我忘了確認，因為我也遇上一堆問題。

「我睡覺的期間好像發生了許多風波。」

「……彌子姊，妳自己去找那些風波來看，心情不會受影響嗎？」

「你該不會是那種不敢搜尋自己消息的人吧？我才不會為了這種事受傷。你看看這個，『世上最美的援助交際』，挺有品味的嘛。」

說著，彌子姊把臉頰貼在雜誌上。

「真的鬧得好大。什麼來日無多啊？只不過是上半身出現硬化而已。」

「就是說啊。」

「大家活像在等我死掉一樣。」

「我就知道妳會這麼說。」

「替我送終以後，你一定會被說得很難聽吧。」

彌子姊輕聲說道，一反剛才的神態，露出嚴肅的表情。

「江都，我想先跟你談談錢的事。」

「不要。我還沒贏，沒理由收妳的錢。」

「你真的不懂耶，江都。我已經沒救了，就算你不願意，也希望替你留下光明的未來。」

說著，彌子姊拿出一個白色信封。

「這是遺書。當然，在認識你之前，我也寫過遺書。只要我簽名，這一份遺書就會優先生效，內容是把我的所有財產都留給你。」

「妳還沒簽名嗎？」

「嗯。不過，要是我的手不能動，可就麻煩了。再說，我自己也曉得，上半身一旦出現硬化徵兆就很危險。」

「就算我搶過來撕破也沒用嗎？」

「你打算這麼做？哎，的確沒用。」

彌子姊咳了幾聲，樂不可支地笑了。

白色信封裡裝著遺書，只要簽上名，我便能夠接收彌子姊的三億圓。

「我喜歡彌子姊，不是為了三億圓才和彌子姊在一起。」

「嗯，我知道。」

「妳或許知道，但是完全沒有感受到。」

遊川先生說得沒錯。

我只是喜歡彌子姊、只是想陪伴彌子姊，可是我無法證明如此單純的事。幸福的結局阻礙世人相信無償的愛。

就連彌子姊都認為自己死了，我就能獲得幸福。我無法修正這種誤解、這種大錯特錯的認知嗎？「要是彌子姊死了，縱使獲得三億圓也毫無意義」，那只是一時沖昏頭說出的蠢話嗎？

「對不起，江都，原諒我。」

彌子姊喃喃說道。

「……彌子姊，我可以問妳一個問題嗎？」

「……什麼？」

這件事我一直耿耿於懷，要問只能趁現在。我下定決心說道：

「妳為什麼選擇我？」

十枝醫生說是因為我碰巧出現在那裡。晴充也有可能取代我的位置。我被選上只是偶然。就算真是如此也無妨，我只是想聽彌子姊親口說明。

「……咦？」

彌子姊露出錯愕的表情。

「……那種表情是什麼意思？」

「不，沒什麼特別的意思……我沒想到你會特地提出這個問題。」

「為什麼？妳從來沒有說過啊。」

「因為理由你應該最清楚。嗯，簡單說，是因為你救了我。」

我不明白彌子姊在說什麼，我不記得自己救過她。然而，彌子姊笑了，彷彿這是

個不言而喻的問題，並淡然說道：

「你就是『二月鯨』的作者，對吧？江都。」

我不禁屏住呼吸，隔了片刻之後，才勉強開口說道：「……為什麼這麼想？」

「起先只是直覺。看到你杵在鯨魚前，我猜想：『會不會是這個人畫的？』而在進一步了解你之後，我更加確定了。」

我無言以對。我從來沒跟彌子姊提過這件事，也沒跟其他人提過。

「我知道，你沒錢買油漆。」

彌子姊說道，像是要預先封住我的後路。她下西洋跳棋時也是這樣，總是能夠預料我的下一步棋。

「你還記得嗎？我偷偷溜去雜貨店，偶然碰上你的那一天，其實我是去確認黑色油漆——那家店賣的黑色油漆。不過，雜貨店賣的黑色油漆和那隻鯨魚的顏色不一樣。雖然都是黑色，色調卻截然不同。鯨魚的黑色比較柔和。」

我想起偷偷溜出來的彌子姊，並連鎖式地想起手的觸感、一起觀賞的二月鯨，以及幾乎把臉頰貼在鯨魚上的彌子姊——那個提著紅色包包，天真無邪地說她想逛逛雜貨店的彌子姊。

原來彌子姊背著我不著痕跡地確認過了。確認什麼？確認自己的推理正確無誤。

「……妳是說……」

「森谷先生告訴我，當時療養院周圍棄置了許多油漆罐，所以很多人跑去向雜貨店抗議。真是沒公德心啊。見了那些被隨手亂扔的油漆，你做何感想？連一罐油漆也買不起的你，應該恨得牙癢癢吧。不過，這同時是上天的啟示。」

「那些都是垃圾……油漆也沒剩多少。靠那些殘漆作畫，真的很累人。」

「嗯，辛苦你了。你花了多少時間？」

柔聲詢問的彌子姊不容許我找藉口。

「你明白我要說什麼了吧？圍牆用的是一般的戶外水性漆。紅、藍、黃，把這些常用的顏色全部混合在一起，便會變成近似黑色的顏色。買不起油漆的你把收集來的殘漆全部混在一塊，成了專屬於你的顏色，就是那條鯨魚的黑色。」

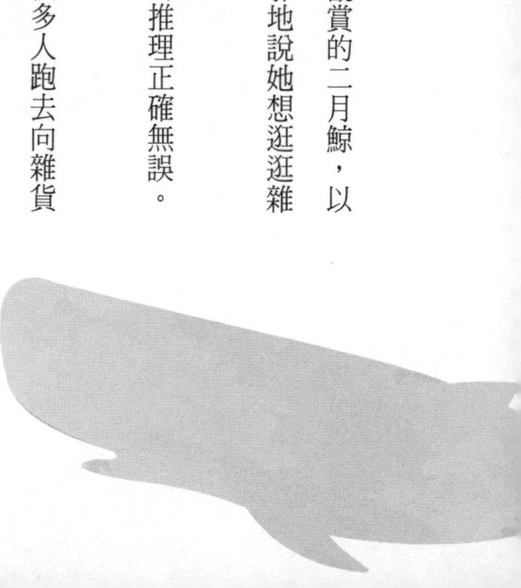

這句話聽起來猶如將軍。

「如果是我想太多，你可以一口否定。不過，如果你要問理由，這就是我唯一的答案。」

「……就算是這樣，為什麼……」

我的聲音嘶啞得可憐。

「我想答謝你。這個村子裡有些人看這所療養院很不順眼，那道圍牆還是白色的時候，上頭貼的反對傳單應該遠比現在多吧？我好歹是人類，對於金塊病的負面情感也是會傷害到我的。不過，來到昴台一看，我真的好驚訝，因為迎接我的居然是完全不輸給這些負面情感的美麗事物。」

說到這兒，彌子姊微微吐了口氣，平靜地笑道：

「所以囉，謝謝你保護我生活的場所，江都。」

我不配接受彌子姊的道謝，因為我是為了自己而畫下那幅畫。

當時，療養院剛在昴台落成的時候。

看見白色圍牆上逐漸增加的繪畫，我打從心底羨慕。對於昴台人而言，突然出現的圍牆或許像是一面巨大的畫布吧，對我而言亦然。

森谷先生的店開始賣油漆，閒來無事的民眾也開始隨心所欲地作畫。

我感到欣羨不已。

我也想在圍牆上作畫，或許是想反抗堅決反對療養院的母親吧。無論動機為何，我的心渴望作畫。

然而，我買不起油漆，連畫輪廓線的顏色都沒有。

就在這時候，我得知了違法棄置油漆罐的事。

正如森谷先生所言，療養院周圍有許多違法棄置的油漆罐。我拚命找尋堪用的物品，撿拾硬掉的刷子，收集剩餘的油漆。

我找到的油漆殘量都極少，只是留在罐底的殘渣。光靠這點油漆，根本無法作畫。可是，我就是死不了心，所以我繼續收集，將油漆一點一滴存在一開始撿來的油漆罐裡。由於把所有顏色都存在同一個罐子裡，油漆很快地變成了接近藏青色的黑色。不過，我並不在乎。

如此這般，在我收集了三罐黑油漆之後，終於來到圍牆之前。我屏氣凝神，佇立於無人的深夜。

繪畫題材是由顏色倒推回去決定的，我並不是一開始就打算畫鯨魚，不過，這是唯一一個符合這種顏色的題材。北上叔叔推薦我看的梅爾維爾小說的封面也是這種動物，我看過無數次，輪廓記得一清二楚。

我用刷子沾了油漆，首先畫的是眼睛。之後，我便進入忘我狀態。用單一黑色畫出的鯨魚潛入深海底。

就算被蓋掉，我也無所謂。然而說來意外，鯨魚一直存在著。

後來，鯨魚被命名為「二月鯨」，至今仍然留在圍牆上。沒有人知道作者是誰，我是唯一曉得這個祕密的人。

為何只有彌子姊發現？只有這個和鯨魚共鳴的寂寞女子揭開了祕密。

五十二赫茲鯨魚是個令人感傷的故事，不過，如果牠那寧靜的叫聲就是彌子姊選擇我的理由，或許再也沒有比這個更貼切的寓言故事。

「就算我問起你的事，你也從來沒提過你喜歡畫畫……我一直以為你總有一天會主動告訴我。」

彌子姊落寞地說道。

不是的——我反射性地暗想。

「因為一說出來就結束了。」

光是說出這句話，就讓我泫然欲泣。

「結束？為什麼？」

「因為我知道，我的畫在昴台或許還過得去……可是出了昴台就不同。如果把希望放在這麼一丁點的才能上頭，我會無法呼吸的。」

反正我沒有離開昴台的本事。我對自己沒有信心，不敢離開昴台。

我想起和堤老師的雙方面談。當時，老師對打從一開始就放棄離開昴台的我說：

「不過，江都同學……你很會畫畫吧？不，這麼說不對……你喜歡畫畫吧？」

我無法正面回應這句話。

「你應該更重視你的興趣，不該在十五歲這個階段就放棄。」

老師說得很勉強。我知道她的勉強是來自於我那一吹就散的才能，我自己也感到

很悲哀。

「離開昴台……不，其他出路多的是。總之，我希望你展現出升學的意願。昴台之外有許多關於繪畫的工作。」

聽老師這麼說，我好想死。出路或許很多，卻不好走——面對如此反覆強調的老師，我實在展現不出鬥志，只覺得好痛苦。

我對自己的期待不像老師那麼大。

不僅如此，我對自己的期待也不像月野同學那麼大。

我想起不小心弄掉沾了油漆的刷子時的月野同學。想起紅色油漆沾上我畫的立牌時，月野同學那張泫然欲泣的臉龐。

月野同學那麼驚慌失措地喊叫：「對不起！江都同學！」以及給予誇大的評價：「救不回來了。」全是因為她認定我的畫有價值。為了我的畫而驚慌失措的月野同學，是多麼善良的人啊。

不過，我全都視而不見，裝出滿不在乎的模樣，什麼也沒說，只希望撐過眼前這個關頭以後，一切都會變成過去。因為大家遺忘我的日子已經近在眼前。

聽了我這番話，彌子姊依然是一臉傷心。隔一會兒，彌子姊開口說道：

「可是江都，既然這樣——」

「認識彌子姊以後，我更加說不出口了。」

我斷然說道。

教我怎麼說得出口？尤其是對彌子姊。

因為我放棄繪畫的理由，全都是彌子姊一死就能解決的。

我一直很想畫畫，很想為了興趣而活，很想離開昴台學畫。這一切都是錢可以解決的問題。

彌子姊死了以後，我仍舊活著。獲得三億圓的我想必會把彌子姊當成一段珍貴的回憶，離開昴台，靠著彌子姊留下的錢邁向美術之路。就這樣，總有一天，彌子姊會成為我的繪畫糧食，成為痛苦、悲傷卻珍貴，成就了現在的自己的重要故事。如此顯而易見的幸福結局，我不願讓彌子姊知道。

聰明的彌子姊應該看出了我的心思吧，她臉上帶有不同於剛才的沉痛之色。

「江都。」彌子姊呼喚我。「聽我說，我有件事要告訴你。」

「……什麼事？」

「將棋沒有，西洋棋也沒有，只有西洋跳棋才有的特色。換個說法，就是我喜歡西洋跳棋的理由。」

這是彌子姊說她臨死前才要解答的謎題。為何要在現在揭曉？我還來不及開口，彌子姊便搶先說道：「欸，江都，西洋跳棋有完美的解法。」

「……完美的解法？」

「對。下西洋跳棋時，如果雙方走的都是最佳棋步，最後一定會打成平手。計算出最佳棋步的是加拿大亞伯達大學的喬納森·薛佛設計的電腦程式『Chinook』。」

「意思是……可以事先知道該走哪顆棋子嗎？」

「西洋跳棋其實是種雙人零和完全資訊賽局。」

「雙人零和……？」

「遊戲的種類，指的是完全不含運氣成分，只要不失誤，理論上絕對不會輸。」

我不敢置信，卻能夠接受。我想起十枝醫生說的「只要做出最佳的選擇就行了」，以及和彌子姊的對局。

我無法正確重現所有盤面，不過，西洋跳棋就像下棋的彌子姊一樣日益變化，真的有完美的「正確答案」嗎？

「有人認為這代表西洋跳棋的壽命已經走到盡頭，老實說，我也有同感。因為就算高手再怎麼切磋琢磨，最完美的一步棋也早已確定了。」

「有完美解法，就是彌子姊喜歡西洋跳棋的理由嗎？」

「或許隨著電腦程式的發展，以後也會找出西洋棋和將棋的完美解法，不過，目前我只知道西洋跳棋的完美解法。」

我還是不懂其中關聯性。完美解法與西洋跳棋，還有彌子姊。就在我要開口說話的瞬間，彌子姊抓住我的手。

「我的人生一路走來，犯了許多錯。現在我這樣大剌剌地向你吐這些愚蠢的苦水，也是種錯誤。人生沒有正確答案，讓我好害怕。」

彌子姊——我喚道。然而，彌子姊並未停下話語。

「不過，西洋跳棋和人生不一樣。西洋跳棋有完美的解法，棋子被扔到盤面上時，所有棋手都可能選擇完美的正確答案。」
我這才發現彌子姊談論的是致命性的話題。
「和我的人生不一樣。」
彌子姊的表情活像快哭的小孩。
「我明明已經逃過一劫，逃過爸爸和媽媽的計畫獨自活下來。可是……為什麼我會死在這裡？如果我註定要生病，不如當時死了算了，和大家一起死了算了。」
彌子姊無處可去的手更加用力地握住我的手。
「天底下怎麼會有這種事？我的人生大概打從出生以來就沒有正確答案吧。無論選擇什麼都是錯誤的。這是多麼絕望的人生啊。不過，現在我終於找到了。」
「找到什麼？」
「正確答案。」
這是某次檢查之前彌子姊說過的話。
當時我不求甚解，以為「正確答案」指的是彌子姊的治療奇蹟式地成功。
不過，並不是這樣。打從那時候開始，彌子姊的正確答案就已經定調了——死去以後留下大筆財富給我。我實在無法接受這種誤導。什麼檢查、什麼治療，其實彌子姊完全沒抱任何期待。

委身於不抱冀望的一切，想必是件很可怕的事。然而，彌子姊卻靠著一句「正確答案」抑制了所有恐懼。

「江都，你會收下吧？」

「彌子姊。」

「什麼都不留，未免太感傷了。只要你幸福就好。」

「這才不是正確答案。」

「其實我也不想死，我也會害怕。不知道人死了以後會怎麼樣？我是沒有機會見證你的未來了。你以後會畫畫嗎？如果畫的是和那隻鯨魚一樣漂亮的畫就好了。」

「別說了。」

「那你對我說，說你不要三億圓，說你只要有我就夠了，說我比任何幸福結局都重要。」

彌子姊撲簌簌地落淚。那雙懾人的眼睛美麗得殘酷，反映著呆然望著她的我。

我不需要錢，不能離開昴台也無妨，只要彌子姊活著就夠了。彌子姊比任何事物都珍貴，沒有比和彌子姊下西洋跳棋更重要的事——這樣的話要我說多少都沒問題。事實上，我也確實說過這些話。

可是，為何一旦說出口，一切就變得很虛偽？我的感情明明是真實的，將人變成金子的疾病卻連言語的價值都吞噬了。怎麼辦？我該怎麼做才好？在我因為焦慮而顫抖時，彌子姊突然抱住我，用那冰冷僵硬、感受不到生氣的手臂抱住我。

周圍的人都把彌子姊當成玻璃鞋看待，當成拯救我脫離困境的蜘蛛絲。

而最害怕這種解讀的，正是彌子姊本人。

任憑我費再多唇舌，彌子姊都無法逃離這種想法，只能一步步邁向死亡。正因為是自己主動提議的，彌子姊一直被這樣的想法束縛著。

「對不起，讓你為難了。我一死，你就可以過幸福的日子。你只要看著我的眼睛，清楚明白地告訴我，說我死了以後，你會很幸福，這樣就夠了。」

「我說不出來。」

「……你真善良。」

彌子姊輕輕地笑了。

「我知道，剛才是我失態了。我不會要你說這種話的。我明白，人只要活著就會改變，不管願不願意。就算你因為看到我哭哭啼啼，一時心軟而放棄一切，總有一天，你也會後悔自己做了這樣的判斷，後悔自己在一時衝動之下賤賣自己的人生。既然如此，不如讓我選擇正確答案。」

聽了彌子姊這番話，我突然靈光一閃。

我想出一個劃時代的方法。用這個方法，或許可以拯救彌子姊和我的心靈。以前的我十之八九想不出的「正確答案」就在眼前。

我拿開彌子姊抱著我的手臂，牢牢握住她的一隻手，並將某樣熟悉的物品放在詫異地凝視著我的彌子姊面前。

就是我們的起點，西洋跳棋盤。

「……江都？」

「彌子姊，妳還記得嗎？妳以前說過賠率根本不一樣，因為妳賭的不是錢，而是妳自己。不過，這次請讓我賭同樣的東西。我也想和彌子姊站上同樣的舞台。」

我一面擺棋，一面筆直望著彌子姊。

「我喜歡彌子姊，請讓我賭上一切。」

我下了第一步棋以後，如此說道。

「可不可以不要多問，讓我帶妳出去？」

「你打算做什麼？」

「我們一起去犯錯吧。」

彌子姊默默地凝視我數秒鐘。

隔一會兒，她用難以動彈的右手觸摸棋子，並露出令我無比愛憐的笑容說道：

「如果你贏過我，我就答應。」

西洋跳棋比的並不是誰的持棋手勢比較美，所以彌子姊始終使用顫抖的右手，算不上是什麼不利條件。彌子姊和剛認識的時候一樣強，我們之所以能夠打成平手，應該是因為彌子姊故意放水吧。

對局結束的瞬間，我們不約而同地展開行動。我把彌子姊放到輪椅上，在她的膝蓋蓋上了毛毯和毛巾被，彌子姊則是迅速披上針織衫。

這段時間內，我們都是不發一語。彌子姊知道自己會有什麼下場嗎？坐在輪椅上愣愣望著棋子的彌子姊，帶有一股靜謐之美。

「要一起帶走嗎？」

「不，不用了。」

彌子姊扔掉手上的棋子，如此笑道。掉在地上的棋子發出小小的喀噠聲。我撿起那顆棋子說：「不可以這樣對待棋子。」

我一把棋子放進口袋，我們便動了起來。

我推著輪椅跑過長廊，輪椅上的彌子姊發出樂不可支的聲音。「上吧！江都，快跑快跑！」輪椅隨著這道氣勢十足的吆喝聲喀噠喀噠地搖晃。

抵達一樓的瞬間，我看見走廊深處有道人影。

因為逆光的緣故，我看不清對方是誰，但是可以從聲音辨認出來。

「搞不好我會丟掉醫生的飯碗。」

十枝醫生發出分不清是嘆息還是笑聲的聲音，轉過身去。見狀，我微微倒抽一口

氣，彌子姊似乎也有些語塞。

「江都，走吧！」

然而，我不能在這裡停下腳步。我的行動應該會給許多人造成超乎想像的麻煩，不過若非如此，就不叫犯錯了。我必須拋棄人生的一切，選擇正確答案。

推著輪椅來到外頭，刺人的月光迎接我們。那色調宛若是特地調製而成的金色，教人難以抗拒。我和彌子姊彷彿想甩掉伸長的影子似地全力疾奔，穿過後門，朝著從未去過的方位前進。

從未去過。因為我一直認定自己無法離開昴台，以為那裡和我毫無關係。

不過，現在我有了前往那裡的理由。

我推著彌子姊，朝著山的另一頭——從昴台看不見的大海前進。

▽

將彌子姊拋入大海——這就是我犯的錯。

彌子姊落海以後，無法打撈，她的價值就會隨著逐漸變為金塊的她沉入海底，消失無蹤。無論是死後留下的三億圓、和彌子姊共度的無價時光、我的愚蠢過錯或是一時的衝動，在相隔數百公尺的狀態下，並沒有任何不同。

昴台沒有海。不過，即使路途再遙遠，我也要把彌子姊送到海邊。

彌子姊已經病入膏肓，離開療養院還不到一小時，她便失去意識。

看著閉上眼睛、虛軟無力地坐在輪椅上的彌子姊，我知道自己不能回頭了。老實說，我巴不得立刻折返，當作一切都沒發生過。只要能讓彌子姊多活上一分一秒，就算要我把她綁在那張病床上都行。

我一面注意時間，一面拚命趕夜路。搭乘巴士一小時可達，代表走路得花上好幾個小時。在天亮之前應該可以抵達吧。

彌子姊離開療養院的事，不知道可以隱瞞多久，監視器應該拍到了我們。

雖然十枝醫生選擇放我們逃走，但仁村小姐一定會賭上她的職務，帶彌子姊回去。我不知道自己還有多少時間，只能一面擔憂追兵到來，一面前進。

遠遠可以望見的山稜逐漸染上紅色，我背著彌子姊，眺望著這幅不現實的光景。

昴台就在山腳，我根本還沒有離開。

「彌子姊，就快到了。」

我背著一動也不動的彌子姊自言自語。彌子姊的心跳聲微微地傳來。

體力已經瀕臨極限，手臂麻得感覺不出溫度，喉嚨也像是快被燒斷一樣痛。背上彌子姊的重量是我唯一的依靠，督促我往前邁進。

沒問題，就快到了——我又重複一次。

視野逐漸染上晨曦，照亮了指示通往海邊之路的看板。

要稱為清晨仍稍嫌過早的海邊，除了我們以外空無一人。

我猶如受到吸引似地走向堤防，將彌子姊抱到身前坐了下來。彌子姊的頭髮以紫色天空為背景飄動著。

此時，彌子姊微微挪動身子，輕聲問道：「……到了？」

「到了。」

我把彌子姊的身體慢慢轉向大海。只見彌子姊那雙原本朦朧的眼眸，清楚地捕捉了浪花翻騰的大海。

「……原來你是想殺了我啊，江都。」

「……是啊。」

「好啊，殺了我也可以。我甚至該請你殺了我。」

說著，面向大海的彌子姊微微地笑了。

「你在想什麼我全都知道。江都，你真是個傻瓜。」

「……對不起。」

「不……沒關係。我們的世界不是西洋跳棋，犯錯也無妨。」

彌子姊說這番話的聲音，宛如樹枝互相摩擦般虛弱無力。

「……你要為了我放棄三億圓？」

「對。」

「那三億圓就是我啊……真奇怪。不過這麼一來，你真的把我變成無價之寶。」

「對。」

「你還記得我說過的基本粒子造金法嗎？」

我默默地點頭。

縱使彌子姊再有價值，如果打撈需要花費龐大金錢，就不會有人進行打撈了。位於昴台附近的這個地方是地形複雜的岩岸，海底徐緩傾斜，會將沉入海裡的東西運往更深處。

「不知道能不能成功？」

「誰曉得？不過，哎，以我的本領，一定能像鯨魚一樣游泳，到時候你就會被當成幹蠢事的蠢蛋國三生。」

我不知道該說什麼，因為我這麼做是出於自私。我不希望彌子姊認為她死了可以帶給我幸福，不希望她在臨終前對於這樣的未來有絲毫想像。否則，我就成了為了三億圓而拐騙將死之人的窮困小孩。

我不在乎其他人怎麼想，可是我不希望彌子姊在臨死前對我有半分猜疑。我希望她相信我的感情是純淨無瑕的。

就連這樣的心思都顯得醜惡不堪，讓我喘不過氣。我不知道哪個才是自己將彌子姊推下冰冷海水的真正理由。

「你喜歡我嗎？江都。」

彌子姊詢問這個再明白不過的事實。

「是啊。」

「我也喜歡你。嗯，打從相識的那一刻起，我就喜歡上你了。」

「我才是一直都很喜歡彌子姊。」

「我想透過給你一切來證明我的喜歡，你卻想透過拋棄一切來證明。或許愛情就是拋棄或給予吧。」

「讓人好感傷……」

是啊——我在心中如此暗想。

彌子姊用昏昏欲睡的聲音喃喃說道。

我該下定決心了，不能在這個關頭遲疑。

我把手放到彌子姊的肩膀上，而她的身體微微僵硬起來。

「沒問題的。」我說道。

於是，我和彌子姊一起跳進晨曦照耀的大海裡，視野隨著重力翻轉。

這麼一提，從出生至今，我從未進過海裡。灌進嘴裡的海水真的好鹹，讓我大吃一驚。身體在水裡浮了起來。

在不斷流動的水流中，我突然想起二月鯨。原來鯨魚是在這樣的環境裡游泳啊——腦中冒出這種無關緊要的念頭。我在閃爍的視野內尋找彌子姊，暗自想著絕不能放開她。就在我用手划水之際，隨波逐流的身體突然被某樣東西拉過去。我的頭探出水面，彌子姊也隨後探出頭來。

我連忙攙扶她，她卻狠狠甩了我一耳光。

「你是白痴啊！到底在幹什麼！」

彌子姊勃然大怒，我從未看過她這副模樣。從潮濕的頭髮間探出的雙眸燃燒著怒意，見狀，我的腦袋慢慢地冷卻了。彌子姊沉默不語，表情又突然緩和下來，露出泫然欲泣的神情。

「不，我知道，是我不好，讓你跑來這種地方。可是，我沒想到你會這麼做……要是你死了，等於是我害死你的……」

「我沒有這個意思……」

「不然是什麼意思？你不是不小心掉下去的吧？」

我無法說明當時的感情。我並不是想死，只是當我察覺彌子姊的身體僵住時，我覺得和她一起跳海才是正確答案。一起沉落海底，絕不和她分離。

「……照理說，我現在應該和彌子姊一起沉到海底。」

「……那倒是，我也以為會沉下去。」

我們現在處於腳勉強及地的深度，再往前踏出一步就是海谷。然而，我和彌子姊都還活著，並沒有沉下去。

此時，彌子姊猛烈地咳嗽起來。我來不及問她「沒事吧？」她便突然大叫：

「我知道了！是肺！」

「肺？」

「對對對，是肺！肺部有空氣，所以沉不下去！」

「啊，原來如此。」

「再說，我沒有腳部的重量，幾乎跟浮袋一樣！當然沉不下去。」

我現在是抱小孩般的姿勢，所以看不見彌子姊的臉。別的不說，在這種狀況下，要我用什麼表情面對彌子姊？此時，彌子姊微微地笑了。

「真是有夠蠢的，蠢到無藥可救。怎麼樣？江都，你還想殺我？還想死嗎？」

「……不想。」

「欸，肺部，肺部，欸，江都，肺部有空氣啊。」

「喂，妳笑得太誇張啦……」

彌子姊的笑聲越來越大，不知何故，我也跟著一起笑個不停。懷中的彌子姊在發抖。

「——啊，是啊，因為我還活著……」

笑到一半，彌子姊如此喃喃說道。

心跳聲夾在波浪聲之間傳來，模糊的視野邊緣可看見晨曦。沉默了片刻以後，彌子姊突然說道：「回去吧，江都。」

「……嗯。」

我回答後，彌子姊牢牢地抱住我。

「我喜歡你。」彌子姊說道，而我只能說：「我也是。」這是專屬於我們倆，成不了任何證明的共鳴。

實際上，我們並不是自己回去的。當我們上岸，還在煩惱該如何處理濕淋淋的身子時，就被警車和救護車逮住了。我這才體認到我們乏善可陳的逃亡計畫不過爾爾，被捕只是時間的問題，剛才的十幾分鐘純屬僥倖。

我和彌子姊還無暇挨罵，就被拆散開來，分別坐上不同的救護車。失去了抱在懷裡的重量，我分不清剛才發生的事究竟是不是現實。

坐在救護車裡的我軟弱無力，只是個連殺死彌子姊的覺悟都沒有的小鬼頭。因此，在不知不覺間，我失去了意識。剛才的重量是唯一能夠維繫意識的船錨。

當我醒來時，發覺自己躺在療養院的床上。

「醒了？」

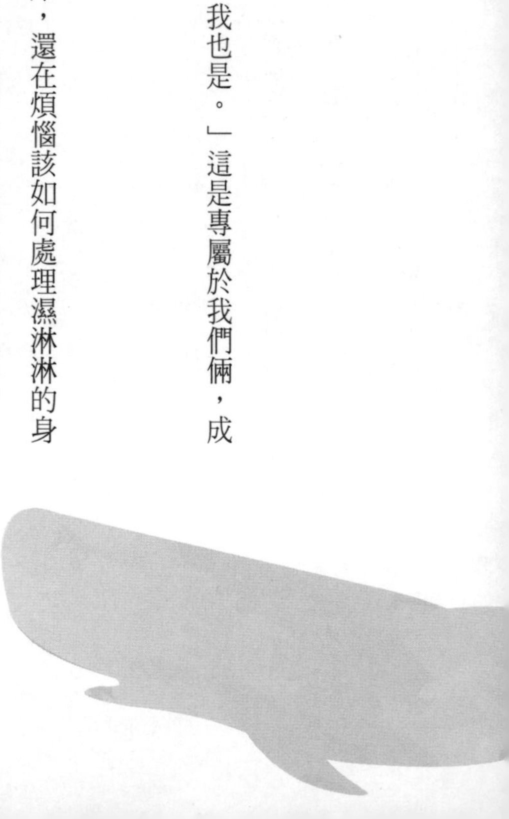

身旁是仁村小姐。我還來不及說話，她便開口問道：

「是因為想看海？」

「……彌子姊是這麼說的？」

「她說要你配合她這麼老套的任性要求，覺得很過意不去。」

「……您相信她說的嗎？」

「你們確實在海邊，這就夠了。」

仁村小姐淡淡地說道，隨即便去叫十枝醫生過來。

十枝醫生帶著一如平時的表情告知彌子姊的身體狀況很穩定，並說明這次的事件被歸咎於彌子姊的任性。聽說連外縣市都報導了我們的事。

「全都變成彌子姊的錯嗎？」

「畢竟你才十五歲。你也早就做好被閒言閒語的心理準備了吧？」

經他這麼一說，我才體認到自己在最後關頭仍給彌子姊添了麻煩。我明明是去犯錯的，卻為了自己所犯的錯誤感到痛苦。過一會兒，我說道：

「十枝醫生那時候放我們離開，不要緊嗎？」

「你看過《大智若魚》這部電影嗎？開玩笑的。這個嘛，若依據醫師倫理，或是成年人的道德，沒辦法，那是瑕疵。」

十枝醫生滿不在乎地說道。

「不過，人類不是永遠都能選擇正確答案。」

「這句話是聽彌子姊說的嗎？」

「當然是來自於我身為醫生的經驗法則啊。」

十枝醫生說道，緩緩站起來。

「我對外宣稱你需要住院一星期，再多我就無能為力了。哎，過了一星期，風波應該就會平息了吧。」

「呃，錢……」

「反正付不起，就別看繳費單了。我也沒那種空閒。」

門隨著這句話一同關上。

從面積判斷，這裡和彌子姊的病房應該是同一型的吧。仔細一看，這個病房實在大得誇張。

我睡不著，迷迷糊糊地望著窗外，床邊的抽屜突然傳出聲音，我連忙從抽屜裡拿出手機。

果不其然，上頭顯示的是彌子姊傳來的訊息，十分簡潔有力。

『下次再偷溜出去玩吧。』

我煩惱了一會兒以後，回覆：『如果妳贏過我，我就答應。』不久後，彌子姊傳來訊息：『別學我。』緊接著又補一句：『也不想想自己那麼弱。』

事發半個月後，彌子姊的病情穩定下來了，昴台也漸漸恢復平靜。

雖然數量減少，但依然有媒體出入昴台，而募款信件和辱罵信件也如雪片般從全國各地飛來我家。家裡的電話線不得不拔掉，應該也是我害的吧。

說來意外，媽媽什麼都沒說。

不知是不是因為認定我能夠帶來大筆財富，媽媽並未責備我，只是不斷觀察我。

換作以前，她的眼神大概會讓我感到不自在，不過現在我完全不在乎。

我照樣前往病房探望彌子姊。我們聊著無關緊要的話題，下著沒有賭注的西洋跳棋過日子。彌子姊依然很強，我完全贏不了她。

當時我已經知道彌子姊之所以那麼強，是因為她讀過許多棋譜，所以只覺得理所當然。據說汀斯雷也是越到晚年越強。

「換句話說，西洋跳棋的強弱等於人生經驗的多寡。」

彌子姊說道，下了絕妙的一步棋。

「這樣我不就一輩子都贏不了妳嗎？」

「阿基里斯追烏龜，或許吧。」

我們之間的差距永遠不會拉近，我們也永遠無法並肩而行。我們心知肚明，總有一天彌子姊會停下腳步，而我會追上她。這個棋盤上就是我們擁有的一切。

「嗯，江都，這確實是正確答案。」

如此笑道的彌子姊，在兩天後停下腳步。

彌子姊的直接死因是腦中出現小硬化。這是金塊病患者常見的死法。當我接獲彌子姊一睡不醒的消息，幾乎喘不過氣來。

醫生本來就說過，不是肺部先硬化，就是腦部先硬化。至少她往生時沒有感覺到痛苦，已經是不幸中的大幸，尤其是對於被留下的我而言。

我接獲仁村小姐的通知前往醫院，迎接我的是看起來宛若在沉睡的彌子姊。這麼說或許很老套，她那副安詳的模樣真是筆墨難以形容。

我觸摸彌子姊冰冷的手。

據說金塊病患者被判定死亡之後，遺體會花上一週左右的時間慢慢地展開最後的硬化。

今後，彌子姊不會腐爛，而是會被結晶逐漸侵蝕，最終被當成檢體回收，為了這種疾病的研究而獻身。

即使如此，我還是很感謝彌子姊，很慶幸自己認識了她。她發現了那隻鯨魚，我真的很開心。

不知不覺間，夏天即將結束。

我的手邊多了十萬圓。

*

之後又過了半年。

我乘著船，確認手中信封的厚度。這個動作在我收下信封以後，已經重複過無數次。我總覺得這麼做就能夠窺知彌子姊的真正用意，因此難過的時候或迷惘的時候都會重複同樣的動作。

每當我揣測彌子姊死前的想法時，就彷彿聽到她在告訴我，裹足不前是多麼愚昧的行為。

從結論說起——

彌子姊並沒有在那封遺書上簽名。

那一封要把三億圓轉讓給我的遺書。

相對地，彌子姊留下一封新遺書。在那封遺書中，她明確表示要把政府給予的絕大部分金錢都捐贈給以前就讀的大學。

三億鉅款的去向引發了社會上的軒然大波，最驚訝的當然是我母親。聽說她還衝進療養院質問出了什麼差錯，引起一陣騷動。我也被逼問許久，可是我答不出來，因為我真的不知情。

不過，一想到彌子姊在最後一刻自行決定要捐贈給大學，我就有點想笑。

除了捐贈給大學的款項以外，還有其他明確指定去向的東西。

就是對我的贈與。內容是我們兩人使用許久的西洋跳棋盤和棋子，以及十萬圓——正確說來，是十萬零三百二十六圓。

若說我看見棋盤上的信封時不驚訝，就是謊言了。我猜不透彌子姊的心思，甚至無法預測遺書的內容。彌子姊究竟有沒有把三億圓留給我？

答案出人意表，十萬零三百二十六圓。如此零碎的金額，我當然猜不中。

彌子姊留給我的物品只有西洋跳棋盤與信封，除此之外，連封信也沒有。

所以，我只能自行揣測個中含意。她向來喜歡惡作劇，搞不好是故意留下無解的謎題，期待我一直思索下去。

「快到了，別忘記行李。」

「啊，是。」

我點頭附和船長。其實我沒什麼行李，只有塞了基本用品的背包、彌子姊的西洋跳棋盤和這個信封而已。

最後，我決定一畢業就離開昴台。

知道這件事的只有晴充。

得知彌子姊並未將鉅額遺產留給我，晴充並不驚訝。

「你要獨自離開啊？」

在畢業前夕，原訂要去畢業旅行的那段期間，晴充曾如此詢問我。

這個時期你果然還在昴台嘛——我一面如此暗想，一面回答：「是啊。」

「離開以後，有什麼打算？」

「……我跟一位很照顧我的療養院醫生商量，他介紹了一份包吃包住的工作。」

「你媽應該很生氣吧。」

「嗯，我大概回不了家了。」

「我想也是。」

晴充說道，若有所悟地點了點頭。

「這樣對你最好。」

「你自己不也要離開昴台？」

「意思不一樣吧？」

晴充說得沒錯。晴充離開昴台，和我離開昴台的意義完全不同。

「……欸，晴充。」

「不，什麼都不用說了。」

「再見，江都。欸，我知道鯨魚是你畫的。」

晴充輕輕地笑了。

「……咦？」

什麼跟什麼？我在心中如此暗想。

什麼跟什麼？這樣太丟臉了吧。面對無言以對的我，晴充說道：

「所以，你一定會找到新目標的。」

有彌子姊同行的夜路一點也不可怕，獨自前進的道路卻令我惴惴不安。

即使如此，我還是不假思索地逃離那個家。別說媽媽，我連北上叔叔都沒有告知，便做出這個決定。

數小時前，我正要離家的時候，遇上北上叔叔。

自那一天以來，北上叔叔便不再像從前那樣和我說話，我也不再提起那篇報導，所以我們已經很久沒有面對面。

見到收拾好行裝的我，北上叔叔不發一語，並沒有挽留我，而我也沒打算說什麼。不過，北上叔叔的手上拿著從前一起讀過的梅爾維爾作品《白鯨記》。

北上叔叔會繼續留在昴台嗎？這已經與我無關了。

雖然與我無關，我還是希望他能夠幸福。只不過，我還完全不明白幸福的定義是什麼。

今後，我會在某個港邊小鎮工作。我對於大海一無所知，只聽說那個港口附近曾有鯨魚擱淺。

我不知道這麼做是否正確。或許我該繼續忍耐，在昴台討生活。我甚至不明白自己選擇海邊做為職場是否正確。

我望著信封幾秒以後，將它收進附拉鍊的口袋裡，而口袋裡的西洋跳棋棋子隨之滑落。那是從前放在口袋裡一直沒拿出來的棋子。

在我撿起棋子的瞬間，突然察覺一件事。我對著天空高高地舉起棋子。

彷彿看見彌子姊拿著棋子的手指。

——我的手指也值不少錢。

我想起宛若歌唱般說出這句話的彌子姊。

不知道她的指頭有多重？換算成金錢值多少？彌子姊寫遺書時，價值十萬零三百二十六圓的手指是哪一根？

「你是不是要說，如果是左手無名指就好了？」

記憶中的彌子姊如此笑道。不過，我知道彌子姊其實是個浪漫主義者。

水平線的另一頭可望見港口。

我克制著不安，想著口袋裡的信封。

對於現在的我而言，十萬圓是一大筆錢。然而，隨著我繼續活下去，相對價值應該會逐漸降低吧，這就是長大成人的特徵之一。

不過，我知道她留給我的事物有多少價值。

知道那段無價的時光有多少價值。

當我在腦中反芻與彌子姊的對弈時，當時的對話也一併重現。原來，輸棋的記憶反而格外深刻。所以，我不會忘記。

因為我還沒贏過彌子姊。

（完）

後記

感謝大家的愛護，我是斜線堂有紀。這是個探討「當最愛之人的死亡被標上價格時該如何面對」與「人類的感情可否證明」的故事；也是說明「你很重要」的感情和「我永遠不會忘了你」的話語雖然成不了證明，卻可以成為燈塔的故事；同時更是描述一名魯莽少年反抗夏天結束時必然來臨的悲喜結局直到最後一刻的故事。

我覺得西洋跳棋是種很美的遊戲，我喜歡它的單純與有趣。相信幾百年後，它依然會是個單純且有趣的遊戲。

這次同樣獲得責編及許多人的幫助。我要向繼前作之後，再次替我繪製了美麗插畫的くっか老師致上格外的感謝之意。

最後，我要向拿起本作的各位，以及在各地替我加油的朋友們表達深深謝意。多虧大家，我今天才能繼續寫小說。今後我也會繼續精進，還請大家多多指教。

參考文獻

雷貝嘉・佐拉赫著、高尾菜つこ譯（２０１６）《圖說　黃金文化史》原書房

鯖田豐之（１９９９）《從金子看二十世紀——即使金本位制動搖》中央公論新社

增川宏一（２０１０）《桌上遊戲的世界史——絲路　遊戲的傳播》平凡社

田中哲朗（２０１３）〈遊戲的解法〉、《數學65卷１號》２０１３年，P.93-102

岸本章宏（２００７）〈揭開西洋跳棋的神祕面紗〉（https://ipsj.ixsq.nii.ac.jp/ej/?action=repository_uri&item_id=65815&file_id=1& amp;file_no=1）

產經新聞、日本將棋協會、銀杏膽錄「Hulic 盃棋聖戰轉播 Plus ２０１５年６月15日（星期一）前夜祭脫口秀」（https://kifulog.shogi.or.jp/kisei/2015/06/post-28bb.html）

國家圖書館出版品預行編目資料

夏天結束時，妳一死就完美無缺 / 斜線堂有紀
作；王靜怡譯. -- 初版. -- 臺北市：臺灣角川，
2020.04
面；公分. --（角川輕.文學）
譯自：夏の終わりに君が死ねば完璧だったから
ISBN 978-957-743-711-2(平裝)

861.57 109002631

夏天結束時，妳一死就完美無缺

原著名＊夏の終わりに君が死ねば完璧だったから

作　　者＊斜線堂有紀
插　　畫＊くっか
譯　　者＊王靜怡

2020 年 4 月 23 日　初版第 1 刷發行
2024 年 9 月 25 日　初版第 6 刷發行

發 行 人＊台灣角川股份有限公司
總　　監＊呂慧君
總 編 輯＊蔡佩芬
主　　編＊李維莉
設計指導＊陳晞叡
美術設計＊李曼庭
印　　務＊李明修（主任）、張加恩（主任）、張凱棋、潘尚琪

台灣角川

發 行 所＊台灣角川股份有限公司
地　　址＊104 台北市中山區松江路 223 號 3 樓
電　　話＊（02）2515-3000
傳　　真＊（02）2515-0033
網　　址＊www.kadokawa.com.tw
劃撥帳戶＊台灣角川股份有限公司
劃撥帳號＊ 19487412
法律顧問＊有澤法律事務所
製　　版＊尚騰印刷事業有限公司
I S B N＊978-957-743-711-2